FABBRI
EDITORI

Kessy & Mely

Un ragazzo tra noi

FABBRI
EDITORI

Pubblicato per

FABBRI EDITORI

da Mondadori Libri S.p.A.

ISBN 978-88-915-8077-1

Prima edizione Fabbri Editori: maggio 2018

Realizzazione editoriale: Netphilo Publishing, Milano
Con la collaborazione di Silvia Ferraris

Un ragazzo tra noi

1

Sol

Sto cantando al microfono, al centro di una piazza immensa, e un coro di centinaia e centinaia di voci intona le parole insieme a me. Il pubblico applaude fino a spellarsi le mani. Ragazzi splendidi si accalcano sotto il palco gridando: «Ti amo Sol, sei bellissima!». Hanno tutti gli occhi puntati su di me. Mi riprendono con i loro smartphone e agitano cartelli con scritto: "Nel mio cuore SOLamente tu" o "Sei il Sol che illumina le nostre giornate".

La scaletta è già finita da un pezzo: questo è il ventesimo bis. Sono la regina del palcoscenico e non riesco a smettere di sorridere, felice. Vorrei che non finisse mai: tutte queste persone sono qui per me, solo per ascoltare le mie canzoni!

E lo spettacolo è all'altezza: ci sono tante luci, fuochi d'artificio, effetti speciali, una grandissima orchestra e milioni di palloncini colorati che volano alti nel cielo. Il pubblico ondeggia come un mare in tempesta, mi chiama per nome, mi invoca lanciando fiori e biglietti.

«Grazie, grazie! Vi amo anch'io, vi amo tutti!»

«Vi amo tutti? Sol, ma che cavolo stai dicendo?» mi domanda Luna scuotendomi come un milkshake. Un milkshake al cioccolato, proprio quello che piace a me. Con un bel ciuffo di panna montata in cima, tanti zuccherini colorati e… in un attimo sono già ripiombata nel sonno.

«Insomma, Sol, svegliati!»

«Chi è?» mugugno io, mentre cerco di tornare nel mio bellissimo sogno.

«Indovina? Sono tua sorella! Alzati, dobbiamo andare.»

«Di già? Ma che ore sono?» borbotto, voltandomi dall'altra parte.

Luna non si fa scoraggiare e continua a scuotermi. Si sta arrabbiando. Se comincia a gridare, saranno guai: nostro padre non vuole essere svegliato a quest'ora.

«Dai, Sol! Alzati!» dice. «È stata tua, l'idea del video in palestra. Non posso mica farlo da sola. Muoviti! Dobbiamo assolutamente essere lì un'ora prima che comincino le lezioni.»

Ah già, il video... Ora mi ricordo. Abbiamo deciso di girare un video di musical.ly nella palestra della nostra scuola: in effetti è stata una mia trovata. La palestra ha le pareti verdi e mi sembrava uno sfondo perfetto per la canzone *Green*, che stiamo preparando da due settimane.

Ho ancora gli occhi chiusi. Che sogno meraviglioso, stavo facendo. Peccato. Ma ora è proprio il caso di alzarsi: se non mi do una mossa, salta tutto. La strada verso il successo è più in salita di quanto credessi.

Mi alzo, ancora frastornata, e mi trascino dal letto al bagno. Non apro gli occhi finché non sono davanti allo specchio. Oddio, che orrore!

Ieri mi sono gettata sotto le coperte sfinita, dopo

una giornata di studio e di prove, e questo è il risultato: occhiaie profonde come il Grand Canyon, e il ricamo del cuscino stampato sulla faccia.

Mi sento impresentabile, ma tanto là fuori c'è solo lei, la mia adorata sorellina.

Chissà se ha dormito poco e male come me. Siamo gemelle, in fondo, dovremmo essere identiche in tutto e per tutto... Ma quando esco dal bagno, la trovo perfetta. Fresca come una rosa. Si è già truccata. Come diavolo fa? Mistero.

Raggiungo l'armadio. La mia felpa preferita, gialla e nera, è lì che mi aspetta, la vedo brillare alla luce dei primi raggi di sole che filtrano dalla finestra. Prendo la felpa per una manica e, così come sono, la indosso, con la canottiera sotto, perché è gennaio e in palestra fa sempre freddo. Con una zampata afferro anche il cappellino di lana e la sciarpa, infilo i jeans neri e le scarpe da tennis, poi la giacca. In un attimo sono pronta: mi stupisco di me stessa.

Luna, però, appoggiata allo stipite della porta, mi osserva contrariata.

Ma la mamma, che fine ha fatto? Non ci ha ancora chiamato per la prima colazione. Dev'essere già sveglia, però, perché la casa profuma di caffè: sapeva dei nostri programmi e anche lei ha puntato la sveglia alle cinque.

Infatti, quando ci presentiamo in cucina, la troviamo che armeggia ai fornelli, allegra come sempre.

«Ragazze, ecco il vostro caffellatte» dice porgendomi la mia tazza preferita, quella con il muso del gatto. Poi serve la colazione a Luna.

Rimaniamo per un po' così, in silenzio, nella nostra piccola cucina calda e accogliente, con le tendine bianche alle finestre che si affacciano sul balcone e sul cortile interno.

Nostra madre, che si chiama Betty, indossa il maglione verde acqua con il collo alto che porta sempre in casa, quando è inverno, con i pantaloni della tuta e le scarpe da tennis. Per noi è un mito, sempre dalla nostra parte qualunque cosa succeda. Senza di lei saremmo perdute, penso sorseggiando il mio caffellatte, ancora mezza addormentata.

Charlie, il nostro cagnolino, ci spia da sotto una

sedia con il naso all'insù, come se volesse dirci qualcosa. È un pastore maltese bianco con il pelo liscio e vaporoso, ancora cucciolo e monello. Ce ne combina di tutti i colori, ma io e Luna non siamo da meno. Lo afferro mentre è distratto e inizio a strapazzarlo, come mio solito. Lui si divincola, ma alla fine ho la meglio: «Sei mio prigioniero!».

La radio accesa gracchia il primo notiziario della giornata: le previsioni del tempo danno pioggia su tutto il Nord Italia.

«Ma siete sicure di voler uscire a quest'ora proprio oggi che piove?» chiede la mamma, preoccupata. «C'è un tempo da lupi! Non è meglio tornare sotto le coperte ancora un'oretta?»

Io non rispondo, ma lei, che mi conosce bene, sa che cosa vorrei fare: una corsa nella mia cameretta, un tuffo nel lettone ancora caldo e via di nuovo nel mondo dei sogni. Mi fa l'occhiolino.

Luna, naturalmente, è di tutt'altra opinione: «Certo che siamo sicure. Vero, Sol?» e scoppia a ridere, nel vedere la mia espressione atterrita.

Quando usciamo dal portone, l'aria pungente di gennaio ci fa rabbrividire fino alla punta dei piedi. Sta cominciando a piovere e ci saranno sì e no due gradi.

«Brrrr!»

«Dai, corri!» mi incita Luna.

Alzo lo sguardo, nostra madre ci manda baci dalla finestra. Tento di ricambiare, ma gli occhi e le narici mi si riempiono di pioggia.

Scendiamo i gradini della metro, e saltiamo a bordo del vagone. Chiudo gli occhi con un sospiro: quanta fatica per uno sfondo originale…

2

Luna

Alle sette del mattino siamo già davanti ai cancelli, la scuola è deserta.

L'enorme palazzone grigio degli anni Quaranta, di forma perfettamente quadrata, con un grande cortile al centro, si staglia davanti a noi. È quasi una piccola città: siamo in duemila studenti, ed è veramente strano vedere tutto così tranquillo, perché di solito, invece, regna il caos.

Accanto alla scuola c'è un grande parco. Dalla finestra della nostra classe riusciamo a vederne gli alberi, e nelle belle giornate, durante l'intervallo, mia sorella e io ci rifugiamo lì per passeggiare o per prendere il sole. Una volta, dopo l'ennesimo litigio, Sol ci è andata senza di me. Peccato che si sia addormentata sotto un pino... La preside, quando ha saputo che non era rientrata in classe dopo la ricreazione, ha subito chiamato la mamma, che è entrata nel panico. Era già pronta a denunciare la scomparsa di Sol e a sguinzagliare la polizia in tutta la città, quando mia sorella si è finalmente svegliata, ha trovato una cinquantina di chiamate perse sul cellulare e l'ha richiamata. Non vi dico quante gliene ha dette la mamma, quando è tornata a casa... Ancora oggi, a ripensarci, ci facciamo un sacco di risate!

La palestra è al pianterreno, illuminata da una grande vetrata appena sotto il soffitto, che si affaccia sul cortile. Troviamo la porta aperta ed entriamo. Sol adora questo posto: non appena vede gli attrezzi, le si illuminano gli occhi. Perlomeno adesso è sveglia. Mi guardo intorno. Anche a me l'atmosfera di questo vecchio stanzone riverniciato a nuovo, con il tetto altissimo e un forte odore di gomma e di detersivo al limone che sale dai pavimenti, è sempre piaciuta. Qua e là, impilati l'uno sull'altro, ci sono materassini blu elettrico e verde scuro.

La luce, dentro la palestra, prende il colore delle pareti: un tono smeraldo, acceso e brillante. Uno sfondo perfetto.

E noi siamo sempre a caccia di set speciali, perché vogliamo che i nostri video su musical.ly siano quanto più possibile diversi tra loro e originali. Adoro questa APP, perché ci permette di cantare in playback, ideare coreografie e diventare protagoniste di video musicali. Insomma, ci divertiamo un sacco!

«Mettiamoci subito al lavoro» ordino a mia sorella.

Ma lei ha già preso una corda per saltare, così la richiamo all'ordine.

«Niente distrazioni, torna qui!» le dico, mentre monto il cavalletto per il telefono.

Ho scelto un brano che mi fa impazzire: *Green*. Lo canto in continuazione, in questo periodo, e conosco il testo alla perfezione. Spero soltanto che anche Sol sia altrettanto preparata…

Finalmente facciamo partire la canzone e iniziamo a eseguire la coreografia che abbiamo pianificato, studiato e provato per giorni, cercando una sincronizzazione perfetta. Muoviamo le braccia e le gambe insieme per qualche secondo, ma quasi subito mi arriva un calcio nelle caviglie.

«Ma insomma, Sol! Vuoi stare attenta a dove metti le gambe?»

«Scusa, scusa! Non l'ho fatto apposta...»

E così ricominciamo daccapo.

L'obiettivo del telefono è puntato sulle vetrate, e noi ci arrampichiamo sulla pertica per entrare da sotto nell'inquadratura. Una trovata geniale. Quando pubblicheremo il video su musical.ly, sono sicura che avrà un successo enorme e farà volare il numero dei nostri follower.

Per mesi ci siamo chieste quale potesse essere il segreto di un video di successo. Abbiamo ascoltato mille tutorial e curato ogni singolo dettaglio. Le luci, la location, il set. Abbiamo scelto con cura maniacale il nostro look, i posti con la luce migliore, abbiamo studiato i passi e le mosse, seguendo fedelmente le parole della canzone.

Quando usiamo un brano in lingua inglese, per

prima cosa andiamo a cercare il testo su Google e cerchiamo di capirne a fondo il significato, perché è importante sapere quello che l'artista vuole esprimere con quelle parole. Se la canzone è in spagnolo o italiano, diventa tutto più semplice, perché sono due lingue che capiamo senza fatica. Quando registriamo un video su una base in lingua inglese, dobbiamo studiare la pronuncia di ogni singola parola: anche se cantiamo in playback, chi ci guarda capisce subito se stiamo sbagliando! I fan sono molto attenti a questi dettagli. Gli errori non sono tollerati. E chi si fa un nemico, sui social, rischia grosso.

«Allora, pronta? Via!»

Ho fatto partire la registrazione per l'ultima parte del video. Mi arrampico sulla pertica, imitata alla perfezione da mia sorella. Ci muoviamo all'unisono, per quindici secondi, poi mia sorella si lascia scivolare giù per andare a controllare la registrazione.

«Com'è venuto?»

«Mi sembra okay» risponde. «Oggi pomeriggio a casa lo guardiamo meglio.»

Sono soddisfatta: in meno di un quarto d'ora abbiamo finito, e sono convinta che questo video sarà davvero spettacolare…

La porta della palestra si apre all'improvviso. Mi volto subito per vedere chi sta entrando.

Sull'uscio è comparsa Antonia, la bidella. Sotto il grembiule blu indossa abiti sgargianti, e il giallo è il suo colore preferito: sembra proprio "la nonna dei Minions". La chiamano tutti così a scuola. Sta chiacchierando con un operaio dell'impresa di pulizie, a proposito di certi attrezzi rotti da portare alla discarica.

Poi si accorge di noi.

«Ehi, voi due! Cosa combinate? Non sapete che è vietato entrare in palestra se non c'è lezione di educazione fisica?» dice con voce gracchiante.

«Ciao Antonia!» le rispondo. «Stiamo girando un video!»

«Ma ce l'avete il permesso?»

«Sì, lo abbiamo chiesto in segreteria una settimana fa! È tutto a posto.»

«Be', comunque cercate di non sporcare il pavimento» taglia corto Antonia, sospettosa. «Hanno pulito la palestra stamattina all'alba. E alle otto e venti dovete lasciare tutto libero perché iniziano le lezioni. Mi raccomando.»

Cerco di rassicurarla: «Abbiamo le scarpe da tennis e useremo il tappetino».

La nonna dei Minions si allontana sbattendo rumorosamente gli zoccoli sul pavimento, seguita dall'operaio dell'impresa di pulizie. Fanno coppia fissa. Antonia è una maniaca dell'ordine e si diverte a cercare oggetti inutili da eliminare, negli angoli più improbabili della scuola. Manco fosse una caccia al tesoro.

Sto finalmente per scendere dalla pertica quando, voltandomi verso la vetrata, lo vedo.

Nel cortile c'è un ragazzo nuovo, un tipo alto, in tuta da ginnastica e giacca a vento. Ha i capelli corti e scalati, con un taglio perfetto, biondo cenere: un colore che adoro, ma che non si vede spesso. La pioggia lo bagna, ma lui non ci bada. Un vento leggero lo spettina un po', mentre lui tira calci a un pallone con aria annoiata. Ogni tanto dà un calcio più forte e la palla colpisce il muro. Quando rimbalza, lui la ributta indietro con una testata.

Resto a fissarlo impietrita. Immobile, muta e con gli occhi sbarrati. Mi sento come un subacqueo che ha appena visto passare uno squalo.

«Dai scendi!» mi urla Sol. «Cosa stai facendo?»

Ma io non mi muovo, abbarbicata al palo come un macaco, con gli occhi fissi fuori dalla finestra, ipnotizzata dalla pioggerellina che batte sul vetro a due centimetri dal mio naso.

«Arrampicati e vieni a vedere con i tuoi occhi» le dico.

Sol corre subito verso la pertica, stupita dal mio invito. Sa che non sono tipo da perdere tempo.

Si arrampica sbuffando e guarda fuori dalla finestra.

«Chi è quel ragazzo?» le chiedo.

«E che ne so?» risponde lei, scocciata e ancora più incredula.

Non sembra affatto colpita. Al contrario di me. C'è

qualcosa, in quel ragazzo, che mi lascia senza fiato. Il modo di aggiustarsi i capelli, forse. Il ciuffo scombinato che va dove gli pare. Le gambe lunghe e quei movimenti da atleta. Dev'essere il suo primo giorno, altrimenti lo avrei notato.

Quando è stanco di giocare da solo, rimette il pallone nello zaino e s'incammina verso la scuola. Lo seguo con lo sguardo fin dove posso. Poi scendo dalla pertica in un baleno, mentre mia sorella grida: «Ehi, ma dove vai ora?».

La ignoro ed esco correndo a perdifiato. Attraverso il cortile e raggiungo l'atrio. Senza dare nell'occhio, inseguo il ragazzo lungo il corridoio del pianterreno. Sta andando verso la segreteria. Schivo la professoressa di matematica, che mi lancia uno sguardo sospettoso. Evito i miei compagni, che mi salutano con un cenno, e mi appiattisco contro la parete accanto alla porta degli uffici amministrativi, appena in tempo per sentire la sua domanda: «Buongiorno, scusi, oggi è il mio primo giorno. Sa dirmi dov'è l'aula della quinta B?».

Registro le informazioni come un computer, poi mi volto di spalle perché lui non mi noti. Aspetto che si allontani, poi corro di nuovo verso la palestra.

«Dai, scendi!» urlo a Sol, che è rimasta per tutto il tempo in cima alla pertica. «Dobbiamo tornare in classe o faremo tardissimo. È mai possibile che con te non si riesca mai a essere puntuali?»

Nell'attesa che scenda, pulisco al volo le scarpe sporche di pioggia e di fango sul tappetino, afferro lo zaino e il cavalletto con il telefono, e volo fuori.

«Ma sei impazzita?» mi dice Sol, mentre la trascino via con me. Sembra un film comico. Anzi no: una spy story.

Corriamo tra le pozzanghere del cortile, con il mascara sbavato dalla pioggia.

La nonna dei Minions ci lancia una delle sue occhiate più severe, che precedono l'ultimatum a entrare in classe.

«Se non vi sbrigate, sarete costrette a entrare alla seconda ora» grida.

«Sol corri!»

«Certo che tu sei proprio pazza» mi risponde con aria seccata.

Saliamo di corsa le scale e ci dividiamo.

«Appuntamento all'uscita» le dico. «Il cavalletto lo tengo io, tu lo perderesti subito.»

«Va bene, come vuoi.»

Prima di entrare in classe, raggiungo di corsa la fine del corridoio, fingo di guardare fuori dalla finestra, e mentre torno indietro, lancio uno sguardo distratto dentro l'aula della quinta B.

Eccolo. Lui è lì, di spalle, riconosco la giacca e la borsa. Ho localizzato il suo banco. Missione compiuta.

3

Sol

Ci siamo ridotte a fare i compiti a quest'ora, perché quella matta di Luna ha passato l'intero pomeriggio a guardarsi allo specchio, cantare, ballare e provarsi vestiti.

Risultato: sono le dieci di sera e io sono ancora qui con il mio quaderno di matematica aperto sulla stessa pagina dalle cinque di oggi pomeriggio!

Luna sta sognando a occhi aperti. E poi dice che sono io, quella che ha sempre la testa tra le nuvole!

Abbiamo appena compiuto diciassette anni. Siamo gemelle eterozigote, ma ci assomigliamo comunque moltissimo: pelle olivastra; occhi scuri, grandi, con le ciglia lunghe e un taglio vagamente orientale, che nessuno si spiega, visto che papà e mamma sono spagnoli da sette generazioni. Nostra madre, scherzando, ripete spesso che forse abbiamo un antenato giapponese. Che strano incrocio di etnie! Ma quello che ci caratterizza di più, e ci rende quasi indistinguibili, è una lunghissima cascata di capelli neri perfettamente lisci, che ci arriva quasi ai fianchi.

Ci confondono tutti, fin da quando eravamo bambine. Le maestre della scuola elementare, una volta, ci hanno persino scambiate. Io sono finita nella classe di Luna e Luna nella mia, e nessuno credeva alle nostre proteste!

Ma ormai ci siamo abituate: è il destino che tocca a tutti i gemelli.

Papà ci prende spesso in giro e dice che siamo nate premature perché avevamo fretta di uscire: ciascuna di noi voleva essere la prima a cantare una canzone all'ostetrica. Conseguenza? Siamo nate in anticipo e siamo finite dritte nell'incubatrice. Mamma dice che zia Sofia, a Madrid, ha ormai rinunciato a capire chi sia Sol e chi sia Luna: "Tanto voglio bene a tutt'e due nello stesso modo" si giustifica, quando mia madre insiste nello spiegarle i piccoli dettagli che le permettono di distinguerci.

Dal punto di vista del carattere, però, non ci assomigliamo per niente. Luna si butta, anima e corpo, in tutto quello che fa. Io al contrario sono più prudente, sto sulle mie. Luna è senza freni, non ha paura di nulla. Io mi spavento anche della mia ombra e non faccio mai un passo più lungo della gamba. Luna è esuberante e fa subito amicizia con tutti. Io sono chiusa nel mio guscio, e prima di dare confidenza a qualcuno ho bisogno dei miei tempi. Luna è disinvolta, allegra, gioiosa, io invece…

Eppure siamo sempre state inseparabili, ci siamo confidate ogni più piccola cosa sin da piccolissime. E a unirci ancora di più è l'alleanza che stringiamo, noi due e la mamma, tutte le volte che dobbiamo convincere nostro padre, il brontolone della famiglia. Condividiamo anche un sogno: diventare due stelle della musica. Due stelle gemelle, naturalmente. Ci piace pensarlo, ci piace immaginare il nostro trionfo planetario. La strada da percorrere, però, è ancora lunga.

Viviamo alla periferia di Milano – dove papà e mamma si sono trasferiti per lavoro da Madrid, prima della nostra nascita – in un appartamento di modeste dimensioni, ma nel quale c'è tutto quello di cui abbiamo bisogno.

La nostra camera è piccola, Luna e io dividiamo persino il letto, un matrimoniale. Anche l'armadio è condiviso, ma in due metà perfettamente uguali: nella parte di destra ci sono i miei vestiti, in quella di sinistra quelli di mia sorella. Un grande specchio sovrasta il cassettone sopra al quale teniamo, più o meno in ordine, tutti i nostri trucchi.

Il nostro regno, però, è il soggiorno, illuminato da grandi finestre che si affacciano su un giardino alberato. Ci sono un grande divano, la televisione e il tavolo da pranzo, dove la nostra famiglia si riunisce ogni sera a cena. È proprio qui che nel pomeriggio, quando abbiamo finito i compiti, progettiamo e registriamo i nostri video per musical.ly.

La passione per la musica ce l'ha trasmessa nostro padre, che è un vero appassionato di reggaeton. L'impianto stereo del soggiorno, quando c'è lui, è sempre acceso. La musica è sempre stata il collante della nostra famiglia, anche se, detto tra noi, Luna e io non potremmo mai condividere i gusti dei nostri genitori… non riesco a capire come si faccia ad ascoltare certa musica: Julio Iglesias, Ricky Martin, Raffaella Carrà!

«Sol!» mia sorella mi sta chiamando. Cosa vorrà adesso? Forse ha deciso finalmente di darmi una mano con la matematica? «Sono pronta per aiutarti con il ripasso» annuncia finalmente.

Butto un occhio alla sveglia sul comodino e vedo che ormai sono quasi le ventitré. Luna, infatti, è già a letto.

«Grazie, ma ormai è tardi…» le rispondo, seccata e mezza addormentata. «Mi affido al destino, domani la verifica andrà come andrà.»

«Okay. Ma possiamo svegliarci presto di nuovo? C'è una cosa importante che vorrei fare.»

«Sì, va bene» le rispondo, senza dare troppo peso alla sua richiesta. Sto morendo dal sonno e non vedo l'ora di infilarmi sotto le coperte.

«Allora buonanotte!» mi dice lei, tutta contenta.

4

Luna

Alle sei del mattino sono già pronta e perfettamente truccata: matita nera per il contorno occhi, tanto mascara per rendere lo sguardo profondo e un bel rossetto ciliegia sulle labbra. Mi guardo allo specchio, soddisfatta. Indosso una maglietta bianca con le maniche lunghe e una minigonna nera: due “non colori”, semplici e perfetti. Nell’armadio abbiamo anche tinte più vivaci, come il rosso o il rosa, ma il nostro guardaroba è dominato da tonalità neutre: nero, bianco e grigio. È bianco anche il nostro smalto preferito.

«Che eleganza…» commenta mia sorella. «Ma non è sprecata, per andare a scuola?»

Mamma ci viene incontro, ancora in pigiama e

pantofole, con il cane che le scodinzola in braccio: «Che ci fate di nuovo in piedi a quest'ora?» domanda, sgranando gli occhi.

Borbotto qualcosa, ma in realtà non voglio spiegare. Non è il momento, e per fortuna so che la mamma non insisterà.

Charlie abbaia: lui è felice di alzarsi a quest'ora, perché non vede l'ora di mangiare i biscotti. I suoi preferiti sono i savoiardi, anche se in realtà, quando si tratta di cibo, non disdegna nulla.

Dopo colazione, trascino mia sorella fuori di casa. Lungo il tragitto in metropolitana, medito sul mio piano. Ma qualcosa mi distrae.

«Puoi stare ferma?» chiedo a mia sorella, che continua ad agitare la gamba destra. «Mi stai facendo venire l'ansia.»

«Ah, io ti faccio venire l'ansia? E tu, allora? Mi stai portando a scuola all'alba, e non so nemmeno perché. Cos'è, ti hanno assunto nei servizi segreti?»

Il ragazzo con la giacca a vento seduto accanto a noi si volta a guardarci, incuriosito dalla nostra conversazione. Ancora una volta, grazie a Sol, siamo riuscite ad attirare l'attenzione.

«Vuoi abbassare il tono della voce?» le chiedo, stizzita.

«Prima spiegami dove stiamo andando.»

Una frenata brusca, e il vagone si arresta. Un gruppo di bambini entra, seguito da due maestre urlanti. Gita scolastica.

Sol ha tirato fuori il suo cellulare, controlla le notifiche e i messaggi. Ma è solo una breve parentesi: in realtà sta rimuginando la sua prossima domanda, che arriva puntualmente dopo un minuto.

«Allora, mi vuoi spiegare? Dobbiamo rifare il video? Come facciamo senza cavalletto?»

«Niente video, niente cavalletto» le rispondo. «Abbiamo un'altra missione. Più importante.»

«La smetti di fare la misteriosa? Mi dai sui nervi.»

«Vedrai...»

Perché va nel panico se non sa sempre tutto in anticipo?

Una volta siamo state in Norvegia con mamma e

papà. Avevamo dieci anni, era inverno e in una di quelle giornate di vacanza, fredde e pungenti, i nostri genitori ci hanno portato a vedere una delle più grandi piste da pattinaggio sul ghiaccio del Paese. C'era una grande confusione, gente che veniva da ogni parte del mondo.

Io non stavo più nella pelle, ho infilato subito un paio di pattini e mi sono lanciata all'avventura, come mio solito. Sol, invece, è rimasta in disparte a guardare.

Dopo infinite insistenze i miei l'hanno convinta a infilare i pattini, ma lei si è avvinghiata come un polipo alle gambe di mia madre, non osando avventurarsi sul ghiaccio per paura di cadere.

«Fifona, vieni qui!» le urlavo io, dalla pista.

I miei la spingevano perché si decidesse a venirmi incontro. Ma non c'è stato niente da fare. Alla fine, stufa delle sue esitazioni, l'ho presa per mano e l'ho trascinata al centro della pista, dov'è rimasta immobile, paralizzata dal terrore.

In quel momento, nel mezzo del campo ghiacciato sfrecciava un gruppo di bambini cinesi che, tra urla e risate, aveva formato un lungo trenino. Il capofila si è agganciato alle spalle di Sol, e tutti gli altri si sono messi a spingere, perché mia sorella guidasse la locomotiva.

«Fermi, fermi!» urlava lei. «Non spingetemi, non so pattinare!»

Sol andava avanti per inerzia, incerta e vacillante, ma senza potersi fermare perché il piccolo cinese le si era ancorato alla schiena e la teneva stretta, strillando nella sua lingua frasi incomprensibili.

L'ho raggiunta poco dopo, dall'altra parte della pista: «Hai visto che sai pattinare? Nelle cose bisogna buttarsi!».

Dalla stazione della metropolitana a scuola ci sono pochi metri. Mi stringo nel giubbotto nero, affretto l'andatura ed entro a passo deciso nel cortile.

«Ehi, aspettami!» si lamenta Sol. «Non posso mica volare!»

Il pianterreno è deserto. Ci muoviamo con circospezione nei corridoi, e imbocchiamo cautamente la rampa di scale che porta al primo piano. I pavimenti di finto marmo, consumati dai passi di studenti e professori, a quest'ora del mattino sono lucidi e perfetti.

Percorriamo il corridoio della sezione B.

«Ti decidi o no a spiegarmi dove stiamo andando?» mi domanda Sol.

Le faccio cenno di abbassare la voce, mi guardo attorno, e poi mi fermo davanti alla porta della quinta.

«Adesso, Sol, ascoltami molto bene. Il piano è questo: io entro nell'aula, tu resti fuori e cammini avanti e indietro per il corridoio, fingendo di essere qui per caso. Se vedi qualcuno avvicinarsi, devi gridare: "Ahi che male!" come se avessi preso una storta, okay? Così capisco che devo nascondermi.»

Lei mi guarda, sempre più perplessa e infastidita.

«Perché dovresti nasconderti? Che cosa devi fare in quinta B, si può sapere?»

«Poi ti spiego.»

«No, tu me lo dici adesso, che cosa devi fare là dentro.»

«Voglio scattare una foto con il cellulare al registro di classe» confesso, stremata dal suo interrogatorio.

«Una foto al registro?!»

È più confusa di prima.

«Non lo scoprirà nessuno, stai tranquilla. Fai quello che ti dico, e andrà tutto bene.»

«Luna, mi sa che ti stai cacciando in un guaio. E non mi hai ancora spiegato perché! In questi giorni sei proprio strana...»

«È tutto a posto» la rassicuro. «Tra pochi minuti ti spiego» aggiungo, con un piede già dentro l'aula per non lasciarle il tempo di ribattere ancora.

A malincuore, mi segue con gli occhi finché non socchiudo la porta. Prego che non succeda nulla, e con il cuore in gola mi avvicino al registro: è lì sulla cattedra, proprio come pensavo. Lo apro alla pagina con l'elenco dei nomi e comincio a scattare foto con il cellulare. Ne manca solo una, ma proprio allora scatta il segnale d'allarme.

«Ahi! Ahi! Che male!»

Accidenti: che cosa può essere successo? In una frazione di secondo chiudo il registro e raggiungo l'ingresso dell'aula con un balzo. Sbircio il corridoio dallo spiraglio della porta. Sol è lì, a una decina di metri, e china su di lei c'è la professoressa di inglese della sezione B. Perché è già arrivata? Maledizione! Per fortuna l'insegnante è caduta nel tranello, nonostante la pessima interpretazione di Sol: dovrebbe sembrare sofferente, e invece pare disgustata, come se avesse visto un grosso ragno peloso. A stento trattengo una risata poi, agile e silenziosa come un'anguilla, attraverso il corridoio per raggiungere la porta dei bagni. Senza farmi notare, seguo la scena dal mio nuovo nascondiglio. Voglio proprio vedere che cosa s'inventerà Sol; mi sento un po' in colpa, ma ormai deve cavarsela da sola.

«Cosa ti succede?» le domanda la prof, preoccupata.

«La mia caviglia. Stavo camminando e...»

«Hai preso una storta? Fammi vedere. Togli la scarpa» le ordina, chinandosi per guardarle il piede.

«Mmh... no, prof, grazie. In effetti... guardi, ora sto benissimo. Forse era solo un crampo» dice lei, dopo che mi ha vista uscire dall'aula con la coda dell'occhio.

Ma la prof non molla.

«No, no, fammi controllare che sia tutto a posto. Su queste cose non c'è da scherzare. Magari adesso non ti fa più male, ma potrebbe gonfiarsi...»

Sol, rassegnata, ubbidisce. Immagino che mi stia maledicendo per averla cacciata in questo guaio, anche perché odia togliersi quegli stivaletti: sono davvero stretti e ogni mattina ci perde almeno mezz'ora per infilarli... Me la farà pagare.

«In effetti» dice la prof, tastandole il piede, «la caviglia mi sembra un po' gonfia qui... Appoggiati a me» aggiunge, in tono premuroso. «Ti porto subito in infermeria.»

Ormai rido a crepapelle. Sol la segue senza protestare, zoppicando, con un mezzo sorriso sulle labbra. Deve aver pensato quello che sto pensando anch'io: salterà la temuta verifica di matematica... Alla fine, credo che mi debba un favore!

5

Sol

Luna entra in casa leggera come una farfalla, con il suo tesoro segreto: l'elenco completo dei ventiquattro nomi e cognomi degli alunni di quinta B.

Abbandona lo zaino nell'ingresso, e mangia un panino in piedi, seminando calze e scarpe dove capita, cantando e spogliandosi a pezzi, qua e là, tra il bagno e la camera da letto. Senza rendersene conto, scaraventa un asciugamano su Charlie, che ora si aggira per casa vestito di bianco come la monaca di Monza. Poveretto: abbaia e si divincola nel tentativo di liberarsi dell'asciugamano e, quando finalmente vince la sua lotta titanica, prova a distruggerlo a morsi. Glielo tolgo di bocca prima che sia troppo tardi.

Mia sorella ci guarda e ride: «Ma no, lascialo fare: è giusto che porti a termine la sua vendetta!».

Ride di qualsiasi sciocchezza. Sembra quasi euforica. Tutta questa allegria, non la capisco. Anche perché non mi ha ancora spiegato nulla. E dire che, per colpa sua, ho dovuto fingere di essere zoppa tutto il giorno! Non sopporto i segreti. Con mia sorella sono abituata a condividere tutto.

Luna, dopo aver indossato la sua felpa preferita e i pantaloni della tuta, si è piazzata sul divano, ha acceso l'iPad e aperto Instagram.

«Vieni, Sol! Ora capirai tutto.»

Finalmente.

«Dunque, possiamo cominciare da... Francesco Amati. Vediamo un po' che faccia ha» dice Luna, digitando il nome nella casella "cerca" di Instagram. Sullo schermo compare la foto di un ragazzino pallido con i capelli rossi. «No, decisamente non è lui. Passiamo al prossimo: Davide Bacava.»

Uno a uno, seguendo l'ordine alfabetico del registro, Luna cerca tutti gli studenti di quinta B. Solo i ragazzi, però. Ha già saltato una Giulia e una Silvia. Ma cosa diavolo... Improvvisamente ho un lampo di genio.

«Ho capito che cosa stai facendo!» esclamo, stupita della mia straordinaria deduzione, nemmeno avessi scoperto l'assassino di una puntata di CSI. «Stai cercando quel tipo! Ti piace quel ragazzo che abbiamo visto ieri giocare a pallone.»

Lei mi sorride e mi dà una pacca sulla spalla.

«Brava, sorellina! Finalmente ci sei arrivata. Allora non stavi dormendo, ieri mattina...»

«Ma non potevi dirmelo prima?»

«Volevo vedere quanto tempo ci avresti messo a capirlo da sola. Be', come si dice: meglio tardi che mai... Non è divertente? Ammettilo! Dai, aiutami. Detta i nomi, così facciamo prima.»

«Okay. Tocca a Nicholas Berenici.»

«Mmh, com'è il cognome?»

«Berenici.»

Attimo di suspense.

«Eccolo! È lui, è lui!» inizia a gridare Luna.

L'indagine è stata rapidissima. Non ci sono dubbi: la fotografia del profilo mostra il ragazzo che ieri giocava a calcio nel cortile della scuola. Il ragazzo che l'ha stregata.

«Sì, è proprio lui. C'è anche la sua palla...» osservo, sarcastica.

Luna non perde tempo: sta già passando al setaccio i suoi post, seguendo ogni traccia come un cane da tartufo.

«Gioca a calcio, ha diciotto anni ed è di Roma, ma si è appena trasferito a Milano. Che fortuna!»

«Fortuna? Ha cambiato scuola nel secondo quadrimestre dell'ultimo anno!»

«Questo è vero. Però avrà la fortuna di conoscere me...»

«Fammi vedere le sue foto» dico io, scoccandole un'occhiataccia, mentre le strappo l'iPad dalle mani.

«Magari sta già con qualcuna» sospira Luna, all'improvviso triste.

«Nell'immagine del profilo è solo» cerco di rassicurarla, «e nelle foto non abbraccia nessuna ragazza.»

Controlliamo tutte le immagini. C'è lui sui campi di calcio, che gioca con la sua squadra. Ci sono le coppe, i trofei, le foto di gruppo con i suoi ex compagni. Ce n'è anche una di lui a torso nudo...

«Oddio!» strilla Luna. «Sto per svenire.»

E poi: al mare con i suoi genitori, sdraiato sulla sabbia, coperto di sabbia, mentre nuota... Okay, sarà anche carino, ma che noia. Novantacinque fotografie su cento sono ambientate in un campetto di calcio.

«Sembra un modello. Non posso credere che il destino lo abbia portato proprio nella nostra scuola. Devo scoprire tutto di lui!» dice Luna, battendo le mani. La vista dei suoi pettorali le ha mandato in corto circuito il cervello.

E infatti trascorre metà del suo pomeriggio così: a *stalkerare* furiosamente il profilo Instagram di questo Nicholas. Vado in cucina, decisa a ingozzarmi di patatine. La stanza mi accoglie con i suoi profumi: stamattina la mamma, prima di andare al lavoro, ha preparato la cena. In forno c'è una teglia di lasagne, e la tentazione di assaggiarle prima del tempo è irresistibile. Charlie, che sa leggere nel pensiero, mi studia attentamente per capire se ne riceverà un pezzo.

Mi siedo sul pavimento davanti al forno, e grido a mia sorella: «Quando hai finito di fare l'agente segreto, per favore, ripassiamo matematica? Oggi ho scampato la verifica, ma domani sicuramente dovrò recuperarla. E ho un paio di cose da chiederti!».

«Va bene» mi risponde. «Prima, però, vieni a guardare questa foto: ha proprio delle gambe pazzesche!»

Charlie si è accucciato accanto a me. Fissiamo insieme la teglia appena oltre il vetro del forno. Dalle labbra gli cola un sottile filo di bava.

«E questa?!» esclama ancora mia sorella. «No, non posso crederci: è andato anche lui a Barcellona, l'anno scorso! Pensa, avremmo potuto incrociarlo in spiaggia!»

E avanti così. Per ore.

Alla fine del pomeriggio, io e Charlie abbiamo mangiato metà delle lasagne e mia sorella ha accumulato tante di quelle informazioni su Nicholas Berenici da poterci scrivere una tesi di laurea. Peccato che a scuola non si studi la sua biografia ma la matematica, e che nessuna di noi due abbia ancora toccato i quaderni di scuola…

6

Luna

L'ho cercato ovunque: in cortile, nelle aule, prima dell'inizio delle lezioni e durante l'intervallo. Ora scruto la folla di studenti che esce da scuola, ma sembra proprio sparito. Non mi resta che rassegnarmi: oggi Nicholas non è venuto a scuola. Magari è malato. Oppure aveva una partita. Sul suo profilo ho visto che gioca spesso anche fuori città. Ma sì, perché mi sto agitando così tanto? Che stupida.

Cammino con mia sorella verso la fermata della metro, fermandomi in continuazione per aspettarla. Sol ha questo piccolo difetto: è lenta come un bradipo.

«Sol, muoviti!» le grido. «Perché stai sempre dieci passi indietro?»

Muoio di fame, sono stanca e non vedo l'ora di

sdraiarmi sul divano a vedere un po' di TV. Arrivata all'ingresso della stazione, però, mi ricordo che ho dimenticato a casa l'abbonamento. Stamattina eravamo in ritardo e ho preso il treno senza biglietto, ma non posso rischiare di nuovo. Raggiungo la biglietteria automatica, frugo nel portafoglio in cerca di monete… ma non bastano: mi mancano cinquanta centesimi. Rivolto le tasche della giacca, niente. Infilo la mano in tutte le fessure dello zaino, ancora niente. Furiosa, mi volto di scatto per chiamare mia sorella, che mi sta aspettando davanti all'edicola, ma la voce mi resta in gola. Eccolo dietro di me.

Nicholas.

Bello come il sole.

Alto.

Biondo.

Vicinissimo.

E mi sta fissando, in attesa del suo turno. Sono l'unico ostacolo che lo separa dalla biglietteria.

Sorrido, imbarazzata.

«Ehm, scusa» gli dico. «Questo affare non funziona.»

Lui mi guarda, poi guarda il display del distributore e scoppia a ridere.

«A me sembra che funzioni benissimo.» È chiaro che trova divertente la mia aria impacciata. «Ti sta chiedendo altri cinquanta centesimi.»

«Hai ragione. Il punto è che non ce li ho.»

«Se è così, te li presto io.»

Non credo alle mie orecchie. «Ma no, dai» gli dico. «Non posso accettare.»

«Non ti preoccupare, non te li sto regalando. Puoi restituirli a rate: cinque centesimi al mese.»

Scoppio a ridere: «A tasso fisso?».

«Ehi, non sono un banchiere! E non lo sarò mai, credo. Per ora sono indeciso tra calciatore e ambasciatore.» «Sport e viaggi… Bello! Io, però, preferisco la musica. Il mio sogno è cantare. Per questo faccio il linguistico: voglio capire a fondo i testi delle canzoni straniere, e scriverne di mie. Anche in altre lingue.»

«Anch'io faccio il linguistico. Ecco perché posso prestarti cinquanta centesimi: tanto sono sicuro che me li restituirai. In caso contrario, so dove trovarti!»

«Ah, davvero?» Ho il cuore che mi esplode nel petto.

«L'ambasciatore e la popstar: certo che saremmo proprio una bella coppia!» dice, piantando i suoi occhi nei miei. Sono di un azzurro immenso. «Io comunque sono Nicholas. E tu, ragazza senza spiccioli, ce l'hai un nome?»

«Luna. Mi chiamo Luna.»

«Piacere, Luna.»

Mi porge la mano, e sento il calore della sua stretta. Poi infila i cinquanta centesimi nella macchinetta, ritira il biglietto e me lo consegna.

«Be', allora ci vediamo a scuola!» mi saluta. Come se niente fosse, mi volta le spalle e torna verso la biglietteria automatica.

A risvegliarmi dal torpore in cui sono caduta è mia sorella, che mi scuote per le spalle.

«Luna, ci sei?»

Quando mi riprendo, lui è sparito. M'incammino a passo di lumaca verso i treni. Questa volta sono più lenta di Sol, perché non voglio allontanarmi da quel luogo magico. Vorrei segnarne il perimetro esatto con un gessetto, e lasciare una bella targa dorata sul pavimento: "Qui, il 28 febbraio 2018, Luna ha parlato per la prima volta con Nicholas".

Da oggi, niente sarà più come prima, lo sento. Durante il viaggio in metropolitana continuo a ripetere a Sol ogni singolo dettaglio, anche il più insignificante, del miracolo che si è appena compiuto.

7

Sol

Luna e io abbiamo da sempre quest'abitudine: la sera, sotto le coperte, dopo aver dato la buonanotte a mamma e papà e aver spento le luci, rimaniamo sveglie a chiacchierare. Ci confidiamo i nostri segreti, raccontiamo all'altra quello che è successo durante le lezioni – le uniche ore della giornata che non trascorriamo insieme –, commentiamo i post di Instagram dei nostri compagni, fantastichiamo sul nostro futuro da cantanti, progettiamo i prossimi video...

Questo è in assoluto il momento della giornata che preferisco. O, forse, che preferivo.

Luna, ormai, ha un solo argomento.

Sarà la decima notte consecutiva che mi parla di Nicholas. Continua a ripetere quanto è bravo a giocare a calcio, quanto sta bene con la maglietta e i pantaloncini della sua squadra, come suona bene la batteria, quanto sono dolci i suoi due cani. So perfino che non gli piace il gelato al pistacchio, che è allergico alle arachidi e che suo padre è stato prima giocatore e poi allenatore di una squadra di pallavolo di serie B.

Come se non bastasse, li vedo chiacchierare ogni giorno durante l'intervallo. Lei lo tempesta di domande, e lui non è da meno. Ma che avranno da dirsi? Nemmeno i pensionati al bar parlano tanto.

La guardo. Anche stanotte, come ieri, osserva il soffitto estasiata. Pensa a lui. Non fa altro che girarsi e rigirarsi nel letto, facendo traballare tutto, anche i due comodini.

Adesso gliene dico quattro.

«Luna, ho sonno: dormi!»

«Sei ancora sveglia?»

«Per forza, non stai ferma un attimo!»

«Volevo dirti...»

«Lo so già: ti piace Nicholas.»

«Sì. Mi piace un sacco.»

«Non l'avrei mai detto.»

«Quando l'ho incontrato alla biglietteria automatica, pensavo di morire.»

«Me ne sono accorta: eri bianca e immobile come una mummia.»

«Ha gli occhi di un colore incredibile.»

«Ti credo sulla fiducia.»

«Sono pazza di lui» dice Luna, con un sospiro. «Come faccio a dirglielo?»

«Già. Come fai?»

«Secondo te gli interesso?»

«Boh.»

«Sol, ma che hai?» dice, mettendosi a sedere. «Perché quando ti parlo di Nicholas mi rispondi a monosillabi? Sei arrabbiata?»

«Luna?» le rispondo, dopo qualche secondo di silenzio.

«Sì?»

«Ti ricordi la promessa che ci siamo fatte quando eravamo bambine?»

«Quale delle tante? Mangiare meno Nutella?»

«Scema. La promessa di fare sempre tutto insieme, di avere solo amici che vadano d'accordo con tutt'e due. Di essere sempre l'una per l'altra la cosa più importante.»

«Certo che mi ricordo. Ed è ancora così, no?»

Mi volto dall'altra parte e guardo un punto lontano, fuori dalla finestra, trattenendo il fiato. Poi mi faccio coraggio. Tra noi due c'è una regola: la sincerità.

«Chi è più importante per te, adesso: io o Nicholas?»

«Sol!» esclama Luna. «Ma che domanda è?»

«Non urlare o sveglierai papà.»

«E tu allora non fare domande stupide» sussurra.

«Stupide? È una settimana che parli solo di lui. Quando siamo a scuola, passi il tempo a cercarlo oppure state insieme. Anche qui a casa sei sempre distante, trascorri i pomeriggi sdraiata sul letto a guardare il soffitto con gli occhi a cuore. Non abbiamo più fatto nemmeno un video o una passeggiata nel parco!»

Nella stanza cala il silenzio. Mia sorella non risponde nulla, perché sa che ho ragione.

«Luna?»

«Sì?»

«Ti ricordi quando da bambine prendevamo sempre una pizza sola e la dividevamo a metà?»

«Ma no, era così: ne prendevamo due diverse e le dividevamo a metà, per mangiarne metà di una e metà dell'altra.»

«Sei sicura?»

«Sì, io prendevo la margherita e tu la marinara.»

«Non era quella al prosciutto?»

«Non mi ricordo più.»

«Be', comunque, quello che volevo dire… insomma: ti autorizzo a dividere il gelato con Nicholas, ma la pizza, quella no.»

La sento ridacchiare sotto le lenzuola. «Promesso. E scusami se ti ho trascurata.»

«Va bene, scuse accettate. Buonanotte.»

«Buonanotte anche a te.»

8

Luna

Succede così da sempre. Sol e io litighiamo, ce ne diciamo di tutti i colori, lanciamo oggetti, urliamo cose senza senso, ci minacciamo con frasi cattive che spaventano persino Charlie e dopo, per giorni interi, non ci rivolgiamo la parola. Ma poi...

Poi c'è una parola magica che risolve tutto. E quella parola è *shopping*.

Quando scatta la voglia di andare per negozi, nulla ci può fermare. È una fredda giornata di febbraio, e c'è aria di neve: un clima che potrebbe scoraggiare anche un orso polare.

Ma noi, dopo aver chiesto e ottenuto il permesso per una delle nostre libere uscite settimanali (ne abbiamo solo due e sempre in coppia, per contratto con mamma e papà), siamo pronte a sfidare una tempesta.

La mia priorità, oggi, è trovare il completo giusto per il mio primo appuntamento con Nicholas. Perché, anche se lui ufficialmente non mi ha ancora invitato a uscire, sono certa che presto succederà. Mia sorella invece, nonostante i suoi cassetti pieni di braccialetti e orecchini, dice di essere a corto di accessori.

I primi fiocchi di neve, grandi come palline da ping pong, ci accolgono non appena mettiamo il naso fuori dalla metropolitana.

«Aiuto!» dice Sol, cercando di proteggersi dal vento.

«Ma cos'è, piazza San Babila o la Siberia? Altro che primavera in arrivo!»

Camminiamo verso il Duomo a passo svelto, anche per scaldarci, mentre dalle nostre bocche escono nuvolette di vapore. Le note acute di un violino si diffondono nell'aria gelida, confondendosi con le voci di chi ci cammina accanto. Alla fine del brano un bambino sorridente, imbottito nel suo piumino come un omino Michelin, lancia una moneta dentro il cappello dell'artista di strada, che lo ringrazia con un inchino.

«Allora, da dove cominciamo?» esclama Sol, eccitata.

«Devo assolutamente cambiare la cover del mio iPhone» rispondo. «Ne voglio una rossa.»

«Giusto. Io invece ne prendo due: una trasparente e una bianca.» Ci avviciniamo al negozio, ma Sol cambia idea all'improvviso: «Che ne dici se prima andiamo in cerca di braccialetti?».

Adora i piccoli gioielli d'argento, mentre detesta tutto ciò che è dorato. E su questo, come su molte altre questioni di stile, siamo in perfetta sintonia. È d'argento anche la collana a maglie sottili che porto sempre al collo, perfettamente identica a quella di Sol: un ciondolo lucido a forma di cuore con incisi i nostri nomi e le nostre date di nascita, e una piccola chiave pendente. È il nostro gioiello preferito e non ce ne separiamo mai.

«È più carino il ciondolo con l'ancora o con lo smile? O magari il simbolo dell'infinito?» Incollata a una vetrina, Sol ha già puntato diversi modelli. «E guarda questi orecchini a cerchio: meglio il cerchio grande o quello piccolo?» mi domanda, ansiosa.

Per tutta risposta, sbuffo e la trascino via. «Ne hai già mille così!»

La neve continua a cadere abbondante, e ha già coperto le strade con il suo manto candido. Capita così di rado a Milano: la città sembra magica! Mi diverto a lasciare le impronte sul tappeto soffice e immacolato. Un po' meno, invece, a ricevere in testa le palle di neve che lancia mia sorella, felice come una bambina di tre anni.

«Smettila!» le urlo. Poi, siccome non mi dà retta, affondo le mani nella neve fresca, formo una palla gigante e gliela tiro, scatenando una vera e propria battaglia. In un attimo tutte le incomprensioni per la storia di Nicholas sono definitivamente dimenticate. Siamo di nuovo Luna e Sol, unite e inseparabili.

«Tregua!»

Dopo dieci minuti e numerosi sguardi di disapprovazione dei passanti, Sol si arrende.

«Dai, entriamo da Zara: voglio cercare una maglietta» le dico, spingendola con decisione verso il grande ingresso del negozio.

Ci mescoliamo alle ragazze che affollano lo store a tre piani, provando le combinazioni degli abiti che ci piacciono sopra un grande tavolo al centro dell'ampio salone al pianterreno.

«Maglione bianco, pantaloni neri e giubbotto nero?»

«Prova anche questo: maglione nero, jeans azzurri e giacca nera.»

«Oppure questa camicia rossa, con i jeans blu?»

«Bellissimi: però mi piace di più quella gonna nera che avevi preso prima.»

Una volta conclusa la prima selezione, andiamo finalmente verso i camerini. Sol esamina minuziosamente ogni capo, si prova e riprova quaranta volte tutto, studia ogni dettaglio con attenzione e a intervalli regolari di due minuti esce e domanda: «Be', che te ne pare?».

Rispondo a monosillabi, ormai sfinita.

E da questa interminabile caccia al capo perfetto, alla fine, usciamo entrambe sconfitte. Perché tutt'e due, come capita spesso, della montagna di vestiti provati abbiamo scelto di comprarne solo uno: una maglietta bianca, semplice, taglio regolare e maniche a tre quarti. Il problema è che non riusciamo a trovarne due della nostra taglia! Classico.

Fare shopping insieme è fantastico proprio perché abbiamo gli stessi gusti. Ma c'è il rovescio della medaglia: non compriamo mai nulla se non ne troviamo due uguali, dello stesso modello e della stessa misura. Se c'è una sola maglietta, finiamo per rinunciarci. Esattamente come stiamo facendo adesso. Prima di lasciarcela definitivamente alle spalle, ci voltiamo ad ammirarla un'ultima volta, con un sospiro. Non è una fissazione: è solo che ci piacciono davvero le stesse cose! Vale per i vestiti, ma anche per le scarpe, le pantofole, i pigiami e le camicie da notte, per le calze e i collant...

Se non comprassimo tutto in doppia copia, litigheremmo ogni mattina. Condividiamo solo le cose più costose, come il computer o la macchina fotografica per registrare i video per YouTube.

Così, dopo aver preso le cover del telefono, la ricerca nevrotica di un'altra maglietta prosegue fino al tardo pomeriggio. Alla fine troviamo e compriamo lo stesso modello: a righe orizzontali bianche e nere, maniche lunghe, che ci arriva appena sopra la vita. Non troppo casual, ma nemmeno elegante. In una parola: perfetta.

«Senti, prima di tornare a casa, perché non facciamo un salto alla Rinascente a dare uno sguardo ai jeans?» propongo a Sol, che accetta subito. Spera ancora di trovare un braccialetto, ne sono sicura: è proprio incorreggibile.

Appena entrate, ci investono un'onda calda e la massa di persone che procede compatta verso le scale mobili. A quanto pare, hanno avuto tutti la nostra stessa idea. Saliamo anche noi, lasciandoci alle spalle il reparto dei profumi, al pianterreno, e le sue fragranze pungenti. C'è molta confusione.

A un tratto, intravedo una folta chioma bionda che

mi sembra di conoscere. Quando la osservo meglio, ne ho la certezza: è Sabrina.

Sabrina è una nostra ex compagna di scuola delle elementari. Biondina, occhi nocciola, la carnagione molto chiara e una pioggia di lentiggini sul naso e sulle guance; è l'unica figlia, viziatissima, di una coppia di amici dei nostri genitori.

Quand'eravamo più piccole ci frequentavamo spesso, e i miei la tenevano in grande considerazione, perché era molto brava a scuola e ci dava volentieri ripetizioni di italiano e di matematica. Andavamo insieme in piscina e al cinema e passavamo interi pomeriggi a casa nostra, a chiacchierare, ridere, cucinare torte strane e fare i compiti.

Crescendo, però, è molto cambiata: in peggio. Il terzo anno delle medie il suo carattere si è trasformato all'improvviso. Finché un giorno una nostra compagna di classe non ci ha svelato che Sabrina parlava male di noi.

«Dice che avete gli occhi piccoli e troppo vicini, e che non siete poi così carine...»

Ci eravamo rimaste malissimo. E quando le avevamo chiesto spiegazioni, lei prima aveva negato, ma poi, messa alle strette, aveva ammesso: «Cosa c'è di male? Non mi piacciono i vostri occhi, e allora? E già che ci sono, vi confesso che non mi sono mai piaciuti nemmeno i vostri capelli, lisci e dritti come spaghetti! Non vorrei mai averli così!».

Eravamo incredule. E noi che l'avevamo sempre considerata la nostra amica del cuore! E mia madre, che le aveva preparato tutti i pomeriggi la merenda con lo stesso affetto che si prova per una figlia. E mio padre, che la portava a casa a tutte le ore del giorno e della notte, come se fosse una piccola regina. Bel modo di ricambiare tutta l'attenzione e la generosa ospitalità che aveva ricevuto dalla nostra famiglia! Che motivo aveva di offenderci così?

Dopo quel giorno, avevo cominciato a guardarmi con più attenzione allo specchio, come non avevo mai fatto prima, in silenzio, meditando con dispiacere sui miei presunti difetti, che lei aveva sottolineato con chiacchiere e pettegolezzi. Avevo cominciato a sentirmi brutta e imperfetta. Ne avevo parlato con mia sorella, ma lei mi aveva consolato dicendo che probabilmente Sabrina era solo gelosa.

«Forse, se si comporta così, è perché si sente più brutta di noi» mi aveva detto.

Quando ci siamo iscritte tutte e tre nello stesso liceo, Sabrina per fortuna è finita in un'altra sezione, e da allora abbiamo cercato di ignorarla. Purtroppo, però, lei ci ha dichiarato guerra.

E adesso Sabrina è lì, tutta sola, a pochi metri da noi, che aspetta di provare tre paia di jeans. Sta per entrare.

«Sol, guarda lì» bisbiglio a mia sorella.

«Dove?»

«Lì, in coda ai camerini, a destra.»

«No! Ma che ci fa lei qui?»

«Be', immagino la stessa cosa che facciamo noi: si sta provando dei vestiti! Perché non approfittiamo della situazione per farle uno scherzo?» propongo a mia sorella, che fissando Sabrina con odio già annuisce.

«Seguimi.»

Insieme, senza farci vedere, corriamo a prendere due paia di jeans della stessa marca di quelli che ha in mano, ma di una taglia decisamente troppo piccola. Voglio proprio vedere che faccia farà quando cercherà di indossarli: le verrà un colpo!

Nascoste dietro le altre clienti, aspettiamo che Sabrina abbia provato il primo paio ed esca un attimo per guardarsi allo specchio. Poi, approfittando della confusione, sgattaioliamo nel suo camerino per sostituire gli altri jeans taglia 42 con due paia identiche, ma taglia 38.

Quando lei torna dentro, ci appostiamo poco distanti per goderci la scena.

Trascorrono almeno cinque minuti, ma lei non esce. Sol e io ridacchiamo, immaginando i suoi sforzi per entrare in quei pantaloni striminziti. Non ce la farà mai! Chissà che contorsioni starà facendo per riuscire a infilarseli! Quando riemerge dal camerino, sembra una lottatrice sconfitta. Tutta sudata, paonazza in viso e distrutta dalla fatica, ha l'aria arrabbiatissima e borbotta fra sé e sé a bassa voce. Deve finalmente aver capito qual è il problema!

Ma il bello deve ancora venire: quando raggiunge gli scaffali per cercare la taglia giusta, si rivolge a una commessa, che però fa spallucce: «Mi dispiace, ma se non è sullo scaffale significa che il prodotto è esaurito».

«Ma non è possibile!» protesta lei, irritata e quasi in lacrime.

Noi ci godiamo la nostra piccola vittoria e ridiamo a crepapelle, dirigendoci rapidamente verso l'uscita con i jeans in mano. Li abbandoniamo in mezzo a una pila di maglioni, dove non li troverà mai.

Vendetta è fatta!

9

Sol

«Ma insomma, mamma! Come facciamo a registrare il nostro video per musical.ly, se ogni cinque minuti passi davanti alla porta della cucina!»

È sempre la solita storia.

«Ma dai, sono lontana! Non mi si vede nell'inquadratura.»

«Invece purtroppo ti si vede benissimo: nel video ci siamo noi che facciamo i nostri passi in primo piano, e te che lavi il pavimento cantando Julio Iglesias sullo sfondo! Te lo abbiamo detto mille volte.» Scuoto la testa, contrariata.

«Allora cosa dovrei fare, secondo voi? Smettere di fare le pulizie di casa perché voi dovete girare i vostri video?»

«Certo che no: basta che ci mettiamo d'accordo sugli orari!» propone Luna.

«Ah sì?! Quindi voi fate i video di giorno e io faccio le pulizie di notte, giusto?»

«No! Tu fai le pulizie di casa quando noi abbiamo finito di registrare il video» suggerisco.

«Molto democratico!» esclama nostra madre, incrociando le braccia.

«E comunque» aggiunge Luna «se proprio devi passare lo straccio nel bel mezzo del nostro set, potresti almeno evitare di cantare Julio Iglesias? Come facciamo a seguire il ritmo della nostra canzone e a coordinare i movimenti, se tu in sottofondo canti tutta un'altra melodia?»

«Siete più viziate delle principessine di Spagna...» borbotta lei, dando un altro colpo di straccio, insensibile alle nostre proteste.

«Dai, Luna! Non perdiamo tempo, sono già le quattro del pomeriggio...»

Stavolta a interromperci è il suono del campanello.

«Ma chi è a quest'ora?»

«Sarà papà, oggi usciva prima dall'ufficio.»

«Ah bene, ora sì che siamo al completo!» ironizzo io, correndo ad aprire la porta.

«Cosa c'è? Cos'è quest'aria da funerale?» Papà ha subito notato la mia faccia scura.

«La mamma ha deciso di sabotare il nostro video di musical.ly, lavando il pavimento qui in soggiorno proprio mentre lo stiamo girando!»

«Betty, non puoi interrompere un attimo le pulizie? Le ragazze devono lavorare al loro video...»

«Marcos! Ti ci metti pure tu, adesso?» La mamma, offesa, si arrende e si ritira in cucina.

Ma proprio quando finalmente Luna e io siamo pronte a iniziare, alle nostre orecchie arrivano note fin troppo familiari... Papà sta ascoltando il suo terribile reggaeton sotto la doccia!

Non abbiamo altra scelta: se in casa è impossibile trovare la giusta concentrazione, non ci resta che cambiare set. Scendiamo in cortile. Sono le quattro e mezza ormai, e presto farà buio: dobbiamo sbrigarci! Così prendiamo tutte le nostre cose e scendiamo di corsa le scale, con Charlie che ci segue scodinzolando. È abituato ad assistere alle nostre riprese, e a volte lo coinvolgiamo nelle coreografie perché ottiene sempre un sacco di apprezzamenti.

Oggi però non è proprio giornata! Abbiamo appena iniziato le riprese quando Charlie, ancora agitato per la discussione a cui ha assistito a casa, parte al galoppo verso il cavalletto.

«No, Charlieee... Fermo!»

Tutto inutile. Ha già fatto schizzare in aria il cellulare, poi lo ha afferrato al volo. Il tempo di renderci conto di quello che sta succedendo, e lui è già corso chissà dove con l'iPhone tra i denti, e l'APP di musical.ly ancora aperta.

Luna prova a inseguirlo, ma inciampa quasi subito e ne perde le tracce.

«Non posso crederci, il mio iPhone nuovo! Papà deve ancora finire di pagarlo» piagnucola Luna.

«Ma quale telefono? Io sono preoccupata per Charlie! Se non lo ritroviamo subito, potrebbe succedergli qualcosa!»

«Charlie tornerà» dice Luna, ottimista. «Torna sempre, lui. Quello che non rivedrò mai più è il mio telefono… Sarà già tutto mordicchiato e grondante di bava di cane!»

«Che schifo.»

«Chi lo dice a papà?»

Ci guardiamo, incerte sul da farsi.

«Idea!» dico a mia sorella. «Proviamo a telefonare.»

«A chi?»

«A Charlie.»

«Ma sei impazzita? Cioè, cosa ti aspetti che succeda, che il cane ti risponda, e magari ti dica: "Bau, arrivo subito!"?»

«Dai, hai capito cosa intendo! Se è qui nei dintorni, dovremmo riuscire a sentire lo squillo e a ritrovare entrambi: cane e telefono. Che ne dici?»

Luna mi guarda come si guardano le scimmie allo zoo. Un misto di pietà ma anche di curiosità, perché in fondo, nonostante tutto, l'idea sembra buona anche a lei. Anche se non lo ammetterebbe mai. Prendo il telefono e compongo il suo numero. Squilla a lungo, e già questa è una buona notizia: il cellulare funziona ancora. Scatta la segreteria. Rifaccio il numero, ma niente. Richiamo ancora, e aspetto. Ormai è una questione di principio: la mia idea deve funzionare a tutti i costi! Al cinquantesimo squillo, dopo circa un'ora, finalmente otteniamo una risposta.

«Pronto?»

No, non è Charlie: è la voce della nostra vicina di casa. Stava rientrando dopo il lavoro, quando ha visto il nostro cagnolino aggirarsi tutto solo nel parco di fronte a casa. Con un telefono che squillava tra i denti.

«L'ho riconosciuto subito. Era lì in un angolo, tutto solo e spaventato! Lo stavo riaccompagnando a casa vostra.»

Quando vediamo comparire Charlie dal cancello del cortile, gli corriamo incontro e lo abbracciamo felici, ringraziando a non finire la vicina e strappandole la promessa di non farne parola con i nostri genitori. Anche il telefono è a posto. Coperto di bava, ma tutto intero.

E allora perché Luna è improvvisamente diventata pallida?

«Che diavolo succede, ancora?» le domando.

Lei mi mostra lo schermo dell'iPhone: il video che stavamo girando risulta PUBBLICATO. Non ci possiamo credere. Si vede tutto: noi che inseguiamo Charlie, Luna che inciampa, cade nella pozzanghera e si rialza sporca di fango, e poi scene confuse della fuga, in cui si sente abbaiare, ansimare, colpi di clacson. E anche l'imbarazzante ripresa di Charlie che fa pipì contro un albero.

Questo video non potrebbe essere più ridicolo, eppure... solo ora ci accorgiamo che accanto ai cuoricini che indicano il gradimento c'è scritto cinquecentomila! Ci stropicciamo gli occhi. Praticamente, un trionfo: tanto più inatteso perché assolutamente non voluto!

Tra i commenti al video, però, accanto ai complimenti non mancano quelli degli *haters*, gli "odiatori" di professione.

Una ragazza ci ha scritto: "Semplicemente ridicole!".

Un'altra: "Sembrate marocchine" con un'emoticon dall'espressione disgustata. Pensa di insultarci perché abbiamo la carnagione scura, ma non sa che il Marocco è un paese magnifico.

L'ultimo commento è quello che ci irrita di più: "Patetiche. Non siete altro che la brutta copia di Lisa e Lena, le gemelle tedesche. Guarda caso loro sono in testa alle classifiche di musical.ly, mentre voi non siete nessuno".

È firmato da Sabrina, naturalmente.

10

Luna

Oggi all'uscita da scuola abbiamo deciso di andare a mangiare tutti insieme da McDonald's. E con "tutti insieme" intendo io, Sol... e Nicholas. Ormai è qualche settimana che ci vediamo anche dopo le lezioni, ma purtroppo, come ci impongono mamma e papà, io e lui non possiamo stare da soli. Anche se mia sorella, senza dubbio, preferirebbe fare altro.

Nonostante questa mancanza di privacy, sono al settimo cielo. Sono così felice che non apro nemmeno il mio piccolo ombrello bianco per proteggermi dalla pioggia.

Mentre cammino verso l'incrocio dove ci siamo dati appuntamento, pregusto il momento in cui svolterò l'angolo e lo troverò lì ad aspettarmi.

Ad aspettare proprio me!

A volte prolungo il tragitto di proposito, perché mi piace sentire il cuore che batte sempre più forte mentre si riduce la distanza che mi separa da lui. Da quando lo conosco, tutto mi sembra più bello. Basta un nulla per commuovermi: quella signora anziana seduta alla fermata del tram che sta parlando con il suo bassotto, per esempio. Vorrei abbracciarla e farmi raccontare la sua vita!

Ma ecco che finalmente lo scorgo: mi sta aspettando con il cappuccio della felpa calato sulla fronte per ripararsi dalla pioggia. È sempre molto attento al suo look, e mentre lo osservo da lontano sorrido all'idea che possa essere indeciso quanto me su cosa mettersi per uscire insieme. Oggi indossa jeans un po' stretti che mettono in evidenza i suoi muscoli. Ha un gran bel fisico, perfettamente scolpito perché si allena quasi tutti i giorni. Lo sport è una passione totalizzante, per lui, ma non mi dispiace: anzi, provo molta ammirazione per i ragazzi che hanno un progetto e che si impegnano così tanto per realizzarlo. Il tempo libero che gli resta è davvero poco, e sono lusingata che lo trascorra volentieri con me.

Ma quello che mi colpisce di più è la sua sicurezza. È forte senza essere arrogante, carismatico però mai prepotente, spiritoso ma non volgare, a differenza di tanti ragazzi che bestemmiano o fanno la voce grossa solo per farsi notare. Sarà per questo che lo hanno nominato capitano della squadra in così poco tempo? E poi c'è una cosa che ci accomuna: la passione per la musica. Suona la batteria fin da quando era bambino e non smetterebbe mai di parlarne.

Quando lo raggiungo, mi bacia su una guancia. Sol ci raggiunge poco dopo, a passo di bradipo come sempre, e insieme andiamo da McDonald's.

Appena entrati, ci accoglie un vento caldo che sa di patatine fritte e ci risveglia l'appetito.

Dentro ci sono solo altre due ragazze, sedute in un angolo, che ridono di gusto, raccontandosi chissà quale pettegolezzo.

Sol posa il suo zaino sotto il tavolo, accanto al mio, e mi osserva. Lei sorride, e io capisco. Abbiamo un linguaggio in codice tutto nostro, affinato negli anni: un piccolo segreto che ci unisce ancora di più.

Quando usciamo insieme, abbiamo l'abitudine di controllarci a vicenda. Una specie di test, per essere sicure che tutto, nel nostro aspetto, sia al top. Da quando papà e mamma ci hanno dato il permesso di uscire da sole, non vediamo l'ora di goderci questi attimi di libertà. Ma se con noi ci sono altri amici, o magari un ragazzo che ci piace, siamo anche preoccupate di non avere nulla fuori posto.

E così, per evitare di passare il tempo a chiederci: «Luna, come sono i capelli?», «Sol, il trucco è a posto?», «Per caso ho i pantaloni sporchi, dietro?»... abbiamo escogitato questa soluzione: se lei nota che c'è qualcosa che non va nel mio aspetto, o viceversa io mi accorgo che c'è qualcosa di strano nel suo, dobbiamo pronunciare una frase particolare. Una frase che possiamo decifrare solo noi, e che ci avverte, per esempio, che il rossetto è sbavato, o che abbiamo il naso che cola, o che ci è rimasto qualcosa tra i denti dopo aver mangiato. Ovviamente, perché nessuno se ne accorga, serve una frase banale che vada bene in qualsiasi situazione.

Perciò la nostra frase segreta è: «Luca ha postato nuove foto».

Se pronuncio queste parole magiche, Sol corre subito in bagno a sistemarsi, o si nasconde in un angolo per specchiarsi nel suo iPhone e rimediare al problema. E lo stesso faccio io, se è lei a pronunciarle.

Visto che mi ha sorriso, però, significa che è tutto a posto.

«Allora ragazze, che cosa volete? Ho una fame pazzesca» dice Nicholas, distraendoci dai nostri messaggi in codice.

«Per me il solito hamburger e una bottiglietta d'acqua» gli rispondo.

«Solo patatine e Coca» dice Sol.

Nicholas va a ordinare per tutti e poco dopo, mentre mangiamo, ci propone un'uscita per sabato.

«Che ne dite di andare al cinema? Verrebbe anche il mio amico Christian, che è appena tornato da una vacanza con i suoi, in Brasile...»

Christian è il famoso vicino di casa di Nicholas, nonché suo migliore amico. Christian il chitarrista, il viaggiatore, di cui parla sempre. Qualche giorno fa mi ha fatto vedere una sua foto su WhatsApp: erano insieme in un locale. Mi è sembrato carino... Anche se non quanto lui.

Lo osservo e sorrido: «Sì, perché no. Sol, tu che ne dici?». Mia sorella mi guarda infastidita.

Sta giocando a dipingere un quadro astratto con il ketchup e la maionese sulle sue patatine. Arte contemporanea.

«Mi servirebbe un po' di verde» borbotta, tutta immersa nella sua creatività.

«Sol, hai sentito cosa propone Nicholas?»

«Mmh non so, dovrei vedere come sono messa con i compiti...»

E Nicholas: «I compiti? Sabato sera? Ma dai! Non fare la secchiona...».

Vedo mia sorella irrigidirsi. Conosco bene quello sguardo: la sua prima tentazione, di fronte alla prospettiva di affrontare un'esperienza nuova come un'uscita a quattro con uno sconosciuto, è la fuga. Figuriamoci poi se è coinvolto Nicholas, che non le va molto a genio.

Si rituffa nella sua "natura morta con maionese" senza più degnarci di uno sguardo.

Ma lui continua, imperterrito: «Sai, Christian è la prima persona che ho incontrato qui a Milano, quest'anno, quando mi sono trasferito. Abita nell'appartamento accanto al nostro. Quando ha saputo che mi piace suonare la batteria, abbiamo fatto subito amicizia. Con la chitarra è un vero mago: sa suonare i pezzi più assurdi. E suona anche altri strumenti, credo che gli manchi solo l'arpa».

Dalla sua insistenza, capisco che Nicholas sa di non andare molto a genio a Sol. E soprattutto deve aver capito che noi due non resteremo mai soli, se non troviamo qualcuno che le faccia compagnia durante le nostre uscite. Meglio in quattro che in tre, insomma. Ci guadagniamo tutti, lei compresa. Ma Sol non alza nemmeno un sopracciglio.

«E poi, se lo invitiamo» aggiunge Nicholas con una leggera sfumatura ironica, questa volta fissando me dritto negli occhi «potresti finalmente liberarti di me...»

«O voi di me: la terza incomoda!» replica Sol.

11

Sol

La settimana vola e alla fine ci ritroviamo tutti e quattro al cinema per vedere un film dell'orrore, il genere preferito da Nicholas. Si intitola *Il demone del sonno.* Lo ha scelto lui senza nemmeno consultarci, senza chiedere se qualcuno preferiva vedere un altro film, che ne so, una commedia o un musical. Tanto a Luna quello che dice e propone Nicholas, va sempre bene. Le importa solo di stare con lui.

«Mi raccomando» ripete mille volte mia sorella, durante il viaggio in metropolitana, «non fare come tuo solito, cerca di essere gentile anche se non sei a tuo agio. In fondo stiamo andando al cinema, non dal dentista.»

Arriviamo in Duomo con la metro rossa e ci facciamo largo nella folla che passeggia in corso Vittorio Emanuele, godendosi la prima serata tiepida dopo giorni di freddo e pioggia. Nell'aria s'inizia a sentire l'odore della primavera, anche se manca ancora qualche settimana.

Li troviamo che ci aspettano all'ingresso del cinema. Nicholas è in tiro come al solito: giubbotto nero, jeans blu e scarponcini. Accanto a lui c'è un ragazzo poco più basso, con i capelli bruni lunghi e spettinati, gli occhi verdi e le sopracciglia folte, che indossa una camicia a scacchi blu e gialli decisamente originale. Deve essere il famoso Christian, il chitarrista.

«Ciao!» dice Nicholas a Luna, rivolgendole un enorme sorriso. «A cosa dobbiamo tanta puntualità?» chiede, strizzando l'occhio.

«Siamo partite in anticipo per non perderci l'inizio del film...»

Mentre loro parlano, guardo l'amico di Nicholas e lui ricambia con un sorriso.

«Christian, ti presento Luna e Sol. Ragazze, lui è Christian» dice Nicholas.

«Finalmente ti conosciamo!» esclama mia sorella, tutta contenta. «Abbiamo sentito parlare un sacco di te. Vero, Sol?» e mi afferra per un braccio, con un gesto che significa: «Fatti avanti, non voglio parlare sempre io».

«È vero, finalmente» dico anch'io, falsa come Giuda, allungando la mano per stringere quella di Christian. Ma lui, con uno slancio improvviso quanto inaspettato, mi dà un mezzo abbraccio e mi bacia su tutt'e due le guance. Aiuto.

«Vi piace la camicia di Chris? Gliel'ha prestata suo nonno, che fa il boscaiolo.»

Christian ridacchia e gli dà uno spintone: «Dai, smettila! Cos'ha che non va? L'ho comprata alla fiera di Sinigaglia».

Anche se si conoscono solo da pochi mesi, si capisce subito che sono molto amici. Nicholas ci ha raccontato che si sono incontrati davanti all'ascensore mentre trasportavano i loro strumenti, uno la chitarra e l'altro un rullante, e che hanno improvvisato un pezzo seduti sulle scale: hanno suonato a lungo, fino a quando gli inquilini del piano di sopra non si sono affacciati per farli smettere.

Christian ride di gusto ricordando quel loro concerto di "musica da pianerottolo": «Nel nostro palazzo non ci si annoia mai! Tutti i nostri vicini di casa vengono a lamentarsi per il casino che facciamo, un giorno sì e un giorno no. Vorrebbero sequestrarci gli strumenti. Ma c'è anche qualcuno che apprezza. Si prevede una riunione di condominio piuttosto infuocata!»

Mentre entriamo al cinema Odeon, osservo Christian con la coda dell'occhio. Anche lui è atletico come Nicholas, ma un po' più magro. Il suo profumo mi piace: è forte e deciso. E ora che lo osservo da vicino, noto che ha un piercing sul sopracciglio, le mani grandi e molto curate e un anello d'argento al pollice. Uno stile decisamente alternativo, che non segue la moda del momento. Anzi, direi che rema contro.

Il film è meno peggio di quel che mi aspettavo, e pure la serata. Christian, che si è seduto accanto a me, mi rivolge la parola solo nell'intervallo tra il primo e il secondo tempo, mentre mi stiracchio sulla poltroncina. Potrei alzarmi e fingere di andare in bagno, ma Luna me la farebbe pagare con un'altra delle sue sfuriate. Così cerco di rilassarmi e di affrontare la conversazione.

«Allora ti piace?» mi domanda Christian. «L'horror non è proprio il mio genere, però questo film non è male.»

Mi guarda, gli sorrido e noto che ha la carnagione particolarmente scura.

«Pensavo peggio. Ma tu... sei stato in vacanza di recente? Sembri abbronzato» gli chiedo, tentando maldestramente di iniziare un discorso qualsiasi.

«Sono stato con i miei in Brasile per una settimana. Mio padre suona in un'orchestra sinfonica e, quando viaggia, spesso ci porta con lui. Questa volta eravamo a San Paolo! Mentre lui provava, io e mia madre abbiamo visitato la città. Un posto davvero immenso.»

«E con la scuola, come hai fatto?»

«Se ti assenti per pochi giorni non succede nulla. E poi sono veloce a recuperare. Faccio il Conservatorio: è molto impegnativo, ma adoro la musica e quindi studiare non mi pesa.»

Mentre mi parla, gioca con il suo anello, rigirandolo sul pollice. Sento i suoi occhi che mi fissano e sono molto imbarazzata, ma per fortuna le luci si spengono e riprende il film. Guardo Luna e Nicholas, i loro profili vicini nel buio della sala, e poi quello di Christian, con i capelli che gli coprono il viso. È decisamente strano. Sì, insomma, è un tipo particolare. Non ha niente in comune con Nicholas, ma chissà: forse è proprio per questo che si sono trovati.

Estrae dalla tasca dei jeans un pacchetto di gomme da masticare.

«Ne vuoi una?» bisbiglia avvicinando la testa con un gesto di grande naturalezza, come se non fosse la prima ma la centesima volta che andiamo insieme al cinema. Che strana sensazione.

«No, grazie» rispondo scostandomi un po'. Anche per fargli capire subito: «Capelli Belli, resta al tuo posto». Lui però sembra non farci caso e continua a guardarmi sorridendo con una vaga aria di sfida. È ufficiale, comincio a sentirmi un po' a disagio, anche se non capisco perché.

Quando il film finisce e usciamo dal cinema, alle dieci di sera, c'è un venticello piacevole. Peccato che dentro di me, invece, ci sia il gelo.

«Allora, ragazzi, che facciamo?» esclama Luna, sempre più elettrizzata, davanti all'ingresso della galleria Vittorio Emanuele.

Una comitiva di giapponesi sfila ordinatamente al nostro fianco. Mentre guardo il cellulare nel tentativo di evitare qualsiasi conversazione, inciampo in una transenna e mi faccio malissimo a un piede, ma trattengo eroicamente una parolaccia che ripeto mentalmente come un *mantra* finché il dolore all'alluce non scompare. Nessuno, per fortuna, se n'è accorto. Cerco di captare lo sguardo di mia sorella, sperando che riceva il mio messaggio cifrato: "*Voglio andare subito a casa*".

Quando intercetto i suoi occhi, la risposta che vi leggo è piuttosto chiara: "*Non se ne parla proprio*".

Christian rompe il ghiaccio per primo, proponendo di andare a bere qualcosa in un certo locale di amici suoi, dove si suona dal vivo.

Nicholas non sembra d'accordo: «No, c'è troppo casino lì, non c'è da sedersi e poi per chiacchierare dovremmo metterci a urlare...».

Capisco benissimo che in realtà vorrebbe soltanto restare da solo con mia sorella.

E infatti propone: «Sentite, perché non ci dividiamo? Facciamo che voi andate a sentire la musica, mentre io e Luna beviamo qualcosa qui vicino. Ci ritroviamo qui alle undici e mezza».

«Veramente...» mi ribello subito «io preferirei bere qualcosa con voi qui in centro...»

L'idea di ritrovarmi da sola con Christian mi manda nel panico. Senza contare che papà si arrabbierebbe un sacco, se sapesse che ci siamo separate!

Luna capisce che sto per perdere le staffe, e prima che io vada in escandescenze interviene con decisione: «Ma no, dai, perché dividerci? Andiamo tutti e quattro a fare un giro in Brera, è una così bella serata!».

L'ho scampata per un pelo, ma Christian cerca subito di riattaccare bottone. Luna e Nicholas camminano abbracciati davanti a noi, immersi in una conversazione da cui siamo esclusi.

«Mio padre suona il violino» dice passeggiando «ma a me è sempre piaciuta la chitarra. Anche mia madre suona, però per lei è solo un hobby. Le piace anche scrivere.»

«Ah sì?» gli domando distrattamente. «E che cosa scrive?»

«Poesie. Ha partecipato a qualche concorso e ha pubblicato un libro. Se vuoi, la prossima volta che usciamo te ne porto una copia.»

Che sfacciato. Dà per scontato che ci vedremo un'altra volta. Per quanto mi riguarda, questa sarà la prima e l'ultima.

«E tu cosa fai quando non studi?» mi domanda.

«Giro video musicali con Luna. Sogniamo di diventare cantanti, perciò ci siamo iscritte a musical.ly, e tutte le volte che abbiamo un momento libero carichiamo un video. Tu conosci musical.ly, vero?»

«No, mi spiace… Come funziona?» mi risponde un po' imbarazzato. Forse perché io ho strabuzzato gli occhi e lo sto guardando come un alieno appena atterrato sul pianeta Terra.

«Be', scegli una canzone e poi studi bene le parole e prepari una coreografia che pensi sia adatta ad accompagnarle. Sulla scelta delle mosse, spesso litighiamo: a me ne vengono in mente alcune, a Luna altre che a me, naturalmente, non piacciono… e così via. Ogni volta!»

«E poi?»

«Poi, quando abbiamo imparato bene i movimenti, passiamo alla registrazione vera e propria. Mettiamo il telefono o la videocamera sul cavalletto, e proviamo. I primi tempi sbagliavamo sempre, e prima di finire un video per musical.ly ci mettevamo almeno un'ora, un'ora e mezza! Davvero troppo tempo. Non eravamo per niente coordinate. Ma con un po' di esercizio, siamo diventate più veloci e più affiatate. Ormai c'è un'intesa perfetta.»

Christian mi ascolta senza togliermi mai gli occhi di dosso. Tutte le volte che mi volto a guardarlo, sorride. Mi sento un po' imbarazzata e non vedo l'ora che la serata sia finita: questo suo modo di fissarmi, sfacciato e al tempo stesso ingenuo, m'inquieta. Vorrei essere a casa, e basta.

Guardo Luna. È ancora immersa nelle sue chiacchiere con Nicholas. Ma ormai la mezzanotte si avvicina, papà e mamma saranno già in viaggio per venire a prenderci in macchina.

L'appuntamento è alla fermata Lanza.

Al momento di separarci, Christian sembra indeciso, ma poi mi viene vicino e mi bacia sulla guancia, una volta sola, e mi sussurra all'orecchio: «Buonanotte, principessa».

12

Luna

È una bellissima giornata di marzo e il sole splende nel cielo.

All'ingresso di scuola c'è una piccola calca: i nostri compagni stanno leggendo e commentando una circolare appesa in bacheca. Indicano, ridono, si agitano: ma cos'è? Ci facciamo strada anche noi e a fatica riusciamo finalmente a leggere: è un annuncio ufficiale, firmato e timbrato dal preside, nel quale si annuncia che il nostro liceo, l'Istituto Linguistico Superiore, ha organizzato un concorso. Il premio, una fantastica videocamera professionale, verrà assegnato durante la festa di fine anno a chi presenta il miglior video musicale in lingua straniera (inglese, francese o spagnolo) con testi originali.

Tratteniamo a stento un grido di gioia.

«Sol, sembra fatto apposta per noi!» esclamo abbracciandola. «Ti rendi conto? Possiamo finalmente presentare una nostra canzone! Un brano tutto nostro. Che ne dici?»

Mia sorella si stropiccia gli occhi, anche lei incredula. Poi mi sorride e ricambia l'abbraccio. Stiamo pensando alla stessa cosa: dobbiamo assolutamente riprendere il grande progetto che avevamo accantonato. Da qualche parte, a casa, c'è un pezzo che abbiamo scritto alcuni anni fa e che sogniamo da sempre di trasformare in una canzone. Un pezzo che parla di noi due, della bellezza di essere gemelle, e della grande amicizia che ci lega.

Mentre fantastichiamo, ci interrompe un chiacchiericcio fitto, seguito da urla e risatine isteriche: ci voltiamo entrambe, e vediamo arrivare Sabrina.

Ha una maglietta rosa confetto, una gonna di jeans e i capelli raccolti in una lunga coda. Nasconde lo sguardo dietro a un paio di occhiali da sole, ma capiamo lo stesso che sta puntando verso di noi, minacciosa come sempre. Da questi incontri non c'è da aspettarsi mai nulla di buono, perciò cerchiamo di defilarci. Lei però si piazza davanti a noi, sbarrandoci la via di fuga.

Che cosa vuole a quest'ora del mattino? Sicuramente, farci entrare in ritardo… Sa che odio arrivare in classe quando la campanella è già suonata. Certe mattine, piuttosto che entrare alla seconda ora, preferisco restare a casa. Dobbiamo sbarazzarci subito di lei.

«Ciao» dice, ma più che un saluto sembra un gesto di sfida.

«Che cosa vuoi?»

«Ecco le due gemelle. Siete vestite uguali anche oggi? Fate vedere un po' come vi siete conciate…»

«Lasciaci in pace» la interrompo. «Siamo in ritardo…»

«Tranquilla, Luna. Voglio solo sapere se anche voi gemelline partecipate al concorso di fine anno.»

«Certo che partecipiamo. Anzi, di più: vinceremo quel concorso. Ci puoi giurare!»

«Questo lo vedremo... Anche io e le mie amiche stiamo preparando una canzone da presentare in gara. E che vinca il migliore. Cioè io!» conclude, dandomi uno spintone che mi fa quasi perdere l'equilibrio.

Sol la strattona per un braccio: «Insomma, basta Sabrina! Perché sei così cattiva? Si può sapere che cosa ti abbiamo fatto? Devi lasciarci in pace!».

«E devi smetterla di scrivere cattiverie nei commenti ai nostri video» aggiungo io. «Non hai niente di meglio da fare? La tua vita è così povera e vuota, da doverla riempire trascorrendo ore davanti a un computer a criticare gli altri?»

La mia ultima frase la fa infuriare: diventa rossa fino alle orecchie. Il suo gruppetto di amiche, che la segue sempre, mi circonda. Una mi mette la mano in tasca e mi prende il cellulare.

«Ridammelo subito!» grido.

Ma loro si allontanano ridendo.

Da lontano, si lanciano il mio iPhone come se fosse un pallone da basket. Lo stesso iPhone che è miracolosamente sopravvissuto alla bava di Charlie, ora volteggia nei corridoi della scuola.

Resto paralizzata. Una lacrima di rabbia mi scende lungo il viso. Sol, invece, sta tentando in ogni modo di recuperare il telefono, muovendosi a zig zag tra loro. Ma la superiorità numerica è schiacciante.

Sabrina, che ridacchia godendosi la scena, commenta: «Che strano modo di piangere che hai! Fai un sacco di smorfie ridicole, come quand'eri bambina».

Quasi non la sento. Penso solo al mio cellulare, che al suono della campanella viene gettato nel cestino vicino ai distributori automatici.

«Le gemelline, le gemelline» gridano Sabrina e le sue amiche, allontanandosi.

Io mi ricompongo, inghiotto le ultime lacrime, e le ricaccio in gola mentre rovisto tra le cartacce per recuperare l'iPhone.

«Oggi è stata peggio del solito. Si può sapere che diavolo è successo?» domando a mia sorella, mentre lei mi consola abbracciandomi e accarezzandomi i capelli. Le sono grata per essere stata al mio fianco, come sempre. Ci difendiamo a vicenda, io e lei. Se qualcuno osasse farle del male, dovrebbe vedersela con me!

«Credo sia infastidita dal successo del nostro video con Charlie» mi risponde, mentre entrambe ci affrettiamo di corsa verso le rispettive aule per l'inizio delle lezioni.

Forse ha ragione. Anche Sabrina è iscritta a musical.ly, ma lei non è molto seguita, noi invece cominciamo ad avere un buon numero di fan. Stamattina durante il viaggio in metropolitana abbiamo dato un'occhiata alle classifiche dei video più visti e quello di Charlie va a gonfie vele. Abbiamo raggiunto un milione di like!

E quando in rete cominci a farti notare, puntualmente arrivano anche le critiche. E le invidie.

Il web è pieno di gente strana. Una ragazza, sotto una mia fotografia, una volta ha scritto: "Sei photoshoppata al massimo". "E che cos'è che avrei ritoccato?" le avevo risposto io. "Si vede benissimo che hai messo la tua faccia sopra la foto di un corpo non tuo." Ero scoppiata a ridere: un collage? Non saprei nemmeno come farlo...

13

Sol

Quando la campanella suona, decretando la fine di un'altra giornata di scuola, corriamo impazienti a casa. Charlie ci viene incontro abbaiando, ma lo scavalchiamo senza nemmeno fargli una coccola. Dopo aver divorato il pranzo che la mamma ci ha lasciato nel microonde – una grande fetta di torta salata con le verdure e due porzioni di ciambellone alle mele –, indossiamo la tuta e ci precipitiamo in cantina per iniziare la nostra frenetica ricerca.

Cominciamo dalle grandi scatole piene di vecchi giocattoli e ricordi della nostra infanzia. Ci sono un'intera collezione di cartoline ricevute dai parenti di Madrid, tenute insieme con l'elastico, e un'infinità di bambole in costume da flamenco, spedite dalla zia Sofia. Queste ultime sono piuttosto malconce: a qualcuna manca un braccio, ad altre una gamba o persino la testa.

Poi ci sono gli scaffali con i libri delle scuole elementari e medie, che la mamma non si è ancora decisa a buttare, e un sacchetto di nylon con le palette e i secchielli per la sabbia, che non usiamo dall'ultimo viaggio alle Canarie, quando avevamo dieci anni.

«Ti ricordi quel giorno sulla spiaggia a Tenerife» dico a Luna, mentre apro il sacchetto di nylon, «quando hai distrutto il castello di sabbia di quel bambino tedesco e sei scappata? Poi sono arrivata io, ignara di tutto, e lui ha cominciato a picchiarmi con la paletta perché mi aveva scambiato per te! Quanto mi sono arrabbiata...»

«Dai, non ti ha fatto niente» ribatte lei, divertita. «Papà e mamma non la smettevano più di ridere!»

Prende il secchiello e me lo mette in testa a mo' di cappello: «Comunque è vero: per colpa mia ti cacci sempre nei guai!».

Rovesciamo sul pavimento un'altra scatola, e sembra quasi di aver spalancato la porta dell'arca di Noè: ne escono coniglietti, orsacchiotti, scimmiette, alci, pinguini, scimpanzé, giraffe, serpenti e una quantità incredibile di cani e gatti di peluche. Charlie si avvicina incuriosito per annusare tutto. Addenta un gattino di pezza e si nasconde dietro il sacchetto di nylon.

Sudate e affaticate, vuotiamo un contenitore dopo l'altro. Il pavimento della cantina sembra ormai un campo di battaglia. Tra tante cianfrusaglie, prima o poi, dovrà saltare fuori anche quello che stiamo cercando: un piccolo quaderno a righe di terza media, con la copertina rigida, decorata con figure di strumenti musicali.

Quando finalmente lo troviamo, sul fondo dell'ultimo scatolone, ci abbracciamo di gioia. Non aspettiamo nemmeno di risalire in casa: ci sediamo sul pavimento e lo sfogliamo piene di emozione. Tra le sue pagine ci sono tante idee e progetti, ma soprattutto la nostra vecchia canzone, *Sol y Luna*, scritta nella lingua che amiamo di più, quella della nostra famiglia.

È un brano che parla di due bambine cresciute insieme, gemelle come noi, che promettono di non separarsi mai, qualsiasi cosa riservi loro il destino.

Mia sorella e io ci scambiamo uno sguardo complice, e già ci brillano gli occhi.

È da anni che aspettiamo questo momento, l'occasione di presentare un brano tutto nostro e cantarlo insieme davanti a un pubblico... Leggiamo insieme il testo della canzone, cercando di capire come metterlo in musica.

Mi espejo eres tu
mañana y noche
cuando me despierto
ya eres
mi alegria
No estoy triste
ya no
ya es primavera

cuanto bella estará
en compañía de ti
Si estuviera sola
no estaría tan feliz
Y mientras más te miro,
más mi corazón dice que
Nosotras, dos juntas, somos
Luna y Sol,
y no necesitamos palabras,
Nosotras, dos juntas,
somos como el Sol y la Luna,
la tierra a nuestro alrededor
es un talismán
Nosotras dos, juntas,
somos el Universo
para todos los otros,
tal vez
¡es un poco diferente!

Che in italiano sarebbe:

Il mio specchio sei tu,
mattina e sera,
quando mi sveglio sei già
la mia allegria
Non sono triste, non più
è già primavera,
quanto bella sarà
in tua compagnia
Se fossi sola, non sarei così felice
e più ti guardo
più il mio cuore dice
che...
Noi due insieme, siamo
Luna e Sole,
e non abbiam bisogno di parole,
insieme siamo come Sole e Luna,
la Terra intorno a noi
è un portafortuna
Noi due insieme siamo l'Universo
per tutti gli altri, forse
è un po' diverso!

Lo leggiamo più e più volte, cominciamo anche a cantarlo, inventandoci un motivetto allegro, e ci prendiamo in giro per come "urliamo" gli acuti.

Dobbiamo capire quali sono gli accordi migliori, e studiare la coreografia per il video: dovrà essere tutto perfetto. Certo, anche il testo va un po' sistemato... Ma abbiamo tempo per rimetterci le mani, e anche per pensare alla giusta base musicale. Quanto al video, la nostra idea è di girarlo all'aperto, in un posto luminoso e solare. Dobbiamo solo decidere dove. Guardo Luna negli occhi, e per un attimo sentiamo di avere già la vittoria in pugno.

«Dobbiamo stabilire subito un piano d'azione» dico a Luna una volta tornate in casa.

«Hai ragione» ribatte lei, raggiante. «Domani ne parlo a Nicholas e gli chiedo se lui e Christian sono disposti a suonare. Possiamo studiare con loro la base musicale, sistemare il testo e poi, quando la canzone sarà pronta, girare il video! Che ne dici?»

Il mio entusiasmo si dissolve come neve al sole.

Passi per Nicholas: non posso mica impedirle di vedere il suo grande amore. Ma perché devo sopportare anche Capelli Belli?

«Ehm... Deve venire per forza anche Christian?» chiedo timidamente a mia sorella.

Lei solleva lo sguardo dal quaderno e aggrotta le sopracciglia, fissandomi con aria sorpresa. Ma so che in realtà è una dichiarazione di guerra.

«Christian è bravissimo con la chitarra, non vorrai escluderlo solo per un tuo carpiccio, spero! E poi ha già suonato in coppia con Nicholas, sono molto affiatati. Dai, non fare la guastafeste. Tutte le migliori band del mondo hanno un chitarrista. Una canzone senza l'accompagnamento della chitarra è come un cono senza gelato.»

Mi guardo attorno, forse sperando di scovare un valido motivo per dire di no. Ma non lo trovo.

Perché mia sorella riesce sempre ad averla vinta?

«Mmh... va be'» dico per prendere tempo, «magari ci penso.»

«No!» replica Luna, velocissima. «Ti conosco!

Quando dici così, finisce che non si combina più nulla.» Questa volta, però, non sembra arrabbiata: mi guarda con occhi imploranti. «Dai, Sol, ti prego!»

«Prometto che ci penserò» le ripeto, ma capisco che dirle di no sarà molto difficile.

14

Luna

La vicina di casa si è offerta di prestarci il garage per le prove, e finora nessuno del nostro condominio si è lamentato. Nicholas ha piazzato la sua batteria in un angolo, mentre Christian porta sempre con sé la sua chitarra elettrica rosso fiammante. La suona in modo divino, aveva ragione Nicholas. Ha dovuto ammetterlo persino Sol.

Quando i ragazzi si presentano a casa nostra per la terza giornata di prove, però, mia sorella accoglie Christian con il solito, scarsissimo entusiasmo. Eppure c'è un sole così bello, e nel giardino attorno a casa nostra sono spuntati così tanti fiori, che essere di cattivo umore è davvero impossibile. Non capisco dove l'abbia trovata, quell'espressione imbronciata.

Christian la saluta lo stesso, con gentilezza, ma subito dopo abbassa gli occhi.

Da parte mia, accolgo Nicholas con un sorriso. Non si presenta mai a mani vuote e anche oggi ha portato una bella scorta di patatine per i momenti di pausa.

«Ancora Pringles!» esclama mia sorella, guardandolo con fastidio.

«Be', nessuno ti obbliga a mangiarle» la zittisco, scoccandole un'occhiataccia. «A me piacciono, quindi, grazie!» aggiungo, afferrando il tubo dalle mani di Nicholas, che non dà peso alle parole di mia sorella: è troppo concentrato sulla mia nuova maglietta a righe. Si accorge di ogni piccola variazione nel mio guardaroba.

«Wow, come ti sta bene» dice, mentre si toglie la giacca. Poi si allontana e prende posto alla batteria. Gli guardo le spalle larghe e il taglio perfetto dei capelli sulla nuca: è stato dal barbiere. Profuma di dopobarba ed è più bello che mai.

Il nostro brano sta prendendo forma, ma è più difficile di quanto pensassi. La prima scelta complicata è stata il ritmo per il pezzo: troppo lento, e diventava una ninnananna; troppo veloce, e spariva quel *mood* romantico che vogliamo dare alla canzone. Trovare il giusto equilibrio ha richiesto una bella dose di pazienza.

Quanto alle nostre voci, che delusione! Per ottenere qualcosa che non sembrasse il verso di un tacchino strangolato, ci sono voluti dieci giorni di gorgheggi e scale. Se non altro, questa esperienza è stata molto formativa: abbiamo capito che cantare richiede impegno. Ci vuole talento, insomma, ma anche tanto esercizio.

Fino ad oggi, del resto, abbiamo solo immaginato di cantare! Voglio dire: per caricare un video su musical.ly basta conoscere bene il testo di una canzone, muovere le labbra in sincronia con il cantante e inventare una bella serie di movimenti. Intonare un brano che nessuno ha mai cantato prima di te è tutta un'altra storia.

Oggi, però, mi sento pronta per una nuova sessione. Ne stiamo registrando tante, in modo da avere più scelta quando dovremo selezionare la versione definitiva. È un consiglio di Christian, che di queste cose se ne intende. In fondo, la sua è una famiglia di musicisti.

Comincia Nicholas con la batteria. Subito dopo, Christian attacca con la chitarra. Infine, al quarto giro di batteria, arrivano le nostre voci. Il ritmo diventa sempre più veloce fino al ritornello:

Nosotras dos, juntas
somos el Universo
para todos los otros
tal vez
¡es un poco diferente!

Cerco di mantenere la sintonia con Sol, di non stonare e soprattutto di non perdere la concentrazione, ma ogni tanto osservo Nicholas con la coda dell'occhio. Quando batte sui piatti e i rullanti si trasforma: non l'ho mai visto così felice e rilassato nemmeno sul campo da calcio. Spesso, quando mi volto a guardarlo, mi accorgo che ha gli occhi fissi su di me. Sarebbe tutto perfetto, insomma, se non fosse per mia sorella. È distratta. A metà della canzone si confonde, per la quarta volta nel giro di mezz'ora.

«Oddio, ho dimenticato le parole!» Ride, guarda il pavimento, sembra inquieta. Oggi non è proprio la sua giornata. Meglio darle qualche minuto di tregua perché ritrovi la concentrazione.

Nell'attesa Nicholas mi insegna a suonare la batteria, e quando stringe le mie mani nelle sue, per guidarmi nei movimenti, sento un milione di brividi lungo la schiena. Per scaricare l'adrenalina picchio più forte che posso sui rullanti. «Piano! Così li sfondi!» mi rimprovera. Ma è chiaro che si diverte come un matto.

Christian si sta preparando per gli esami al Conservatorio, ma non rinuncia mai ai nostri appuntamenti. Oggi ha una camicia a fiori in stile hawaiano. «Che ne dite?» domanda ridendo, mentre si sistema il colletto. «È un pezzo unico, sapete?»

«Meno male» lo prende in giro Nicholas. «Così,

quando lo faremo sparire dal tuo armadio, non potrai ricomprarlo.»

Sol osserva Christian con un'espressione strana; non riesco a capire che cosa abbia in mente. Non parlano molto.

Lui vorrebbe insegnarle a imbracciare la chitarra, ma è piuttosto maldestro. E lei approfitta di ogni momento libero per salire in casa, con una scusa sempre diversa.

«Devo andare in bagno.»

«Ho lasciato il cellulare sul tavolo.»

«Vado a prendere una bottiglia di Coca.»

«Porto Charlie a fare la pipì.»

Come può restare indifferente al fascino di Christian? Capisco perché Nicholas lo consideri un tipo speciale: non è mai a corto di aneddoti e storie interessanti. Potresti ascoltarlo per ore. Durante una delle misteriose assenze di Sol, ci racconta che suo padre è appena tornato da Londra.

«Mi ha portato alcuni dischi in vinile degli anni Sessanta e Settanta, rock e punk soprattutto. Qualche romanzo di fantascienza e un paio di magliette che ha scovato girando per Camden Town.»

«Che bello» dico io, «deve essere un posto fantastico, prima o poi voglio andarci con mia sorella... Chissà quante idee straordinarie per i nostri video ci verrebbero camminando per le strade di Londra!»

«È un Paese dove la musica si respira nell'aria» mi fa eco Christian. «Sapete quanti gruppi sono nati nei garage inglesi? Anche i Beatles e i Rolling Stones avevano cominciato strimpellando come noi!»

«Sì» ride Nicholas «e probabilmente avevano la tua stessa camicia a fiori...»

Stanno per darsi battaglia, come sempre, ma proprio allora sento il garage che si apre: Sol è tornata e possiamo riprendere le prove. Questa volta fila tutto liscio. Abbiamo finalmente trovato la giusta sintonia, e il risultato convince tutti e quattro. Ci guardiamo soddisfatti: le prove, almeno per oggi, sono finite.

Prima di andarsene, Nicholas e Christian esitano un attimo, scambiandosi un'occhiata furtiva. Che cosa succede? Christian estrae timidamente dallo zaino un pacchetto con un fiocco.

«Tieni» dice a Sol, «questo è per te.»

Mia sorella resta senza parole.

Le scivolo accanto: non so lei, ma io sto morendo di curiosità.

Sol stringe il pacchetto tra le mani e guarda Christian con la solita espressione imbarazzata.

«Perché un regalo? Non è il mio compleanno» gli chiede.

Oddio, che pesantezza. «Perché non lo apri invece di fare domande?» le dico.

Sol scioglie il fiocco e apre la carta: dentro c'è una tazza bianca con un grande cuore rosso che sostituisce la parola *love* nella scritta: *I love London.*

Mia sorella la guarda schifata, come se le avessero appena regalato un topo.

Christian ride, imbarazzato. «Ehi, è solo una tazza, stai tranquilla: non morde.» Sol resta impassibile. «Anche questa arriva da Londra, come la mia camicia hawaiana. Ho chiesto a mio padre se poteva prendere qualche souvenir da regalare agli amici. Ne ho data una anche a Nicholas.»

Lei, però, non cambia espressione e rifiuta il regalo. «Mi dispiace» la sento dire a Christian. «Non posso accettare.»

Subito dopo fugge via, lasciandoci tutti e tre allibiti.

Nicholas e io ci scambiamo un'occhiata perplessa. Christian si è incupito. Rimette il pacchetto nello zaino e la chitarra nella custodia. Nicholas tossisce, evidentemente imbarazzato, e si volta per lucidare i pezzi della batteria.

«Se ti piace tanto pulire i piatti, puoi darci una mano in cucina. Ne abbiamo una montagna» gli dico ridendo, per sdrammatizzare. Ma temo che stasera sia impossibile: Christian sembra davvero ferito.

Perché mia sorella deve sempre rovinare tutto? Non poteva dirgli "Grazie, è bellissima" e basta? Quando si comporta così, non riesco proprio a capirla.

Sentiamo il rombo di una macchina che si avvicina: quando rientrano i vicini, dobbiamo radunare tutta l'attrezzatura in fondo al garage, per fare spazio all'automobile.

«Luna! È ora di cena!» mi chiama papà dalla portineria. Non vede l'ora che Nicholas e Christian si tolgano dai piedi: è terribilmente geloso. Questa volta, però, gliene sono grata: devo dirne quattro a Sol, il prima possibile.

15

Sol

Luna non la smette più di strillare. «Sol, ma che cosa ti succede?» Non le rispondo e continuo a struccarmi. «Dovevi per forza trattare Christian a quel modo? Che cosa ti costava ringraziarlo per la tazza? È stato un bellissimo pensiero!»

Da parte mia, silenzio. Vorrei solo che la smettesse. Invece continua.

«Che cosa farai adesso?» mi domanda. «Devi chiedergli scusa… con tutto quello che sta facendo per noi! Salta le lezioni di piano per partecipare alle prove, lo sai? Avanti, chiamalo e digli che ti dispiace.»

«No.»

«Penseranno che siamo maleducate, tutte e due.»

Questa volta la guardo dritta negli occhi e le spiego che non intendo né scrivergli, né rivederlo.

«Ma si può sapere perché?» mi chiede lei, esasperata.

In realtà, non so che cosa rispondere. Le attenzioni di Christian mi spaventano. È un tipo troppo strano: ha i capelli lunghi e il piercing. E la tazza con il cuore, poi. Dovrei pensare a lui mentre bevo il caffellatte, forse? Ma chi si crede di essere?

Il cellulare di mia sorella vibra: è un messaggio su WhatsApp. Luna me lo mostra, e ha il fumo che le esce dalle narici. Arriva da Nicholas, ovviamente. Leggo il messaggio.

Guarda che Christian ci è rimasto male. Domani l'uscita non si fa. Balza tutto. Come facciamo?

Balza tutto, come scrive Nicholas, significa che *salta tutto*: l'uscita a quattro, prevista per domani sera, non si fa più. Luna mi osserva sgranando gli occhi. Papà non la farebbe mai uscire da sola con Nicholas. Senza di me non va da nessuna parte.

«Non so che cosa dire» rispondo. «Non è mica colpa mia se non provo nulla per Christian. Non posso farmelo piacere per forza.»

Luna chiude gli occhi, amareggiata, e ho la netta sensazione che mi stia odiando.

«Sol, ti prego. Così rischio di perdere Nicholas.»

La guardo dispiaciuta.

«Non ti importa proprio niente di quello che provo?» le domando.

«Non è questo il punto» mi risponde. «Il fatto è che ti sei comportata male. Potresti fargli capire con gentilezza che preferisci averlo solo come amico, sai? Sempre che tu voglia avere degli amici. O preferisci continuare a fare l'eremita? Posso sempre trovare una sostituta per il video, sai?»

Ha pronunciato l'ultima frase con rabbia, quasi urlando. Scoppio in lacrime e il mascara che non avevo ancora tolto dagli occhi mi cola sulle guance.

«Nicholas ci sta dividendo!» le dico tra le lacrime.

Le mie parole la colpiscono, lo vedo da come mi osserva.

«Ma come puoi pensare una cosa così assurda?» mi domanda, stupita. «Voglio solo che tu sia felice.»

Nel bel mezzo della discussione, Charlie irrompe in camera nostra e salta sul letto, in cerca di un po' di attenzione. Lo prendo in braccio e lo stringo forte. Lui mi lecca la faccia, e scodinzola felice.

Più tardi, a letto, rifletto e capisco che Luna in fondo ha ragione. Devo fare una cosa importante. Afferro il mio iPhone e scrivo un messaggio.

Ciao Christian, ci ho pensato. Mi dispiace per la tazza, ma voglio che tu sia solo un amico, niente di più. Scusami. Forse è meglio se non ci vediamo per un po'.

Alle quattro del mattino, arriva la sua risposta.

Come vuoi tu. Prima di sparire, però, ci tengo a dirti che per me sei una persona speciale. Anche quando ti comporti come oggi, anche se ci resto male, la mia opinione su di te non cambia. Non mi fermo alle appa-

renze, sai? Spero che un giorno, prima o poi, tu possa tornare sui tuoi passi.

Arrivederci, principessa...

Christian.

Leggo e rileggo il messaggio di Christian, cento volte, e ogni volta mi si ferma il respiro. Devo dirlo a mia sorella. Ma poi mi fermo, incredula. Come può lui dire di conoscermi? Non devo fidarmi. Nemmeno di questo messaggio, che mi sembra poesia. Non devo rispondere. Anche se ne avrei una gran voglia. Ma poi, cosa potrei mai rispondere a un messaggio così? Troverei il coraggio? Troverei le parole?

16

Luna

Dopo pranzo, finito di sparecchiare, esplode la lite.
«Siamo alle solite» dice la mamma.

Sol non vuole andare con lei a fare la spesa.

«Tua sorella mi ha accompagnato la settimana scorsa» replica la mamma, «oggi è il tuo turno.»

Adoro la straordinaria memoria della mamma, soprattutto quando gioca a mio favore.

Dopo che la porta si è chiusa alle loro spalle, e la scia del battibecco lungo le scale si è spenta, sento solo il cinguettio degli uccellini sugli alberi del cortile. Se non fosse per il loro canto, il silenzio sarebbe assoluto.

Che pace! Devo approfittare di questo raro momento di tranquillità per riflettere sul nostro video musicale. Ora che la canzone è pronta, bisogna studiare una coreografia per accompagnare ogni strofa. Spero di riuscirci prima che rientrino dalle spese, o che Charlie, annoiato, mi salti sulla schiena portandosi via tutta la creatività.

Sdraiata a pancia in giù sul lettone della mia cameretta, apro la schermata di musical.ly.

Da quando il video di Charlie è decollato, anche tutti gli altri hanno fatto un gigantesco balzo in avanti nelle visualizzazioni. Sembra incredibile, ma ormai abbiamo un nostro pubblico, che si allarga a vista d'occhio. Siamo passate da centomila follower a un milione nel giro di poche settimane... E sono già oltre ventimila gli iscritti al nostro canale YouTube: niente male, direi, visto che lo abbiamo aperto da pochi mesi.

Leggo i commenti sotto gli ultimi video pubblicati:

Vi adoro! Siete troppo forti.

Avete un sorriso che illuminerebbe l'universo! Vi amo.

Ogni giorno è un buongiorno con voi.

È la prima volta che vi vedo e mi avete proprio colpito... Mi iscrivo subito!

Più li leggo, più mi emoziono. Ma sento anche una grande responsabilità. Il concorso si avvicina, e bisogna realizzare un vero video: da questo potrebbe dipendere il nostro futuro successo.

Accendo il computer e faccio partire la nostra canzone. Il suono perfetto della batteria di Nicholas mi fa venire un'improvvisa nostalgia di lui. Stamattina a scuola non ci siamo visti, e non ci siamo scambiati nemmeno un messaggio di buongiorno. Controllo Instagram, ma vedo solo fotografie dagli allenamenti. Sarà ancora arrabbiato per come mia sorella ha trattato Christian?

Guardo fuori dalla finestra. Quest'anno il giardino è uno spettacolo. Il sole splende sul ciliegio fiorito in un'esplosione di bianco e rosa pallido: sembra una nuvola di zucchero filato. Sposto gli occhi per seguire il profilo delle siepi, fino ai grandi cespugli di rose coltivati da mio padre. I fiori sono quasi tutti sbocciati: ce ne sono di rossi, rosa, con mille sfumature, e qui e là s'intravede anche qualche bocciolo giallo che deve ancora aprirsi.

Quanto mi piacerebbe che Nicholas fosse qui con me! Potremmo uscire a prendere un gelato e goderci il sole tiepido del pomeriggio. Chissà se anche lui mi sta pensando o se in questo momento insegue solo il pallone... Mi manca.

Sospirando, mi aggiro per casa a piedi nudi. Basta con questa ossessione per Nicholas. Devo ritrovare l'ispirazione. Entro in bagno e faccio qualche smorfia davanti allo specchio. Canticchio le prime strofe della canzone...

Mi espejo eres tu
mañana y noche...

E poi mi fermo, come folgorata.

Eccola, l'idea! Come ho fatto a non pensarci prima? La soluzione è nelle prime parole del brano: *mi espejo*! Per il nostro testo sarebbe perfetto un video "a specchio" nel quale Sol e io ci muoviamo come se una fosse il riflesso dell'altra.

Nei tutorial di musical.ly su YouTube ci sono decine di esempi: i gemelli siedono uno di fronte all'altro, ai due lati di un tavolo. Sul tavolo c'è una cornice che sembra uno specchio, ma in realtà è vuota. Guardandosi all'interno della cornice, bisogna compiere gli stessi movimenti, perfettamente speculari, per creare l'illusione che ci sia una sola persona davanti alla propria immagine riflessa.

Se un gemello alza il braccio destro, l'altro alza il sinistro. Uno piega la testa a sinistra, l'altro la piega a destra. Uno finge di pulire la superficie dello specchio con uno strofinaccio, e l'altro lo imita, seguendo il movimento della sua mano con la mano opposta. Il tutto in perfetta sincronia. Naturalmente, perché il video venga bene, bisogna essere vestiti, pettinati e truccati nello stesso identico modo. Su musical.ly ci sono delle vere e proprie competizioni. Per trovarle basta seguire il tag *#mirror-challenge.*

Ora non mi resta che pensare alla location. Leggo ancora il testo, per cercare la soluzione più adatta.

Cuando me despierto
ya eres
mi alegria
No estoy triste
ya no
ya es primavera
cuanto bella estará
en compañía de ti.

Potremmo girarlo in camera nostra. Sdraiate insieme, una accanto all'altra, potremmo alzarci e poi sbadigliare... No, no, a casa non funzionerebbe: troppo buio. Abbiamo bisogno di uno sfondo luminoso: magari un parco, o una spiaggia... Ecco, potremmo fingere di aver dormito sulla spiaggia! Il mare come sfondo sarebbe perfetto. Potremmo organizzare un viaggio in Liguria, a Camogli, dove andiamo spesso con i nostri genitori. La lunga spiaggia di sabbia bruna, all'alba, quando non c'è ancora nessuno in giro, sarebbe uno scenario perfetto.

Sol e io potremmo stenderci sulla sabbia, fingere di aver dormito in riva al mare e di esserci appena risvegliate. Già immagino ogni movimento: ci strofiniamo gli occhi, poi ci voltiamo l'una verso l'altra, su un fianco; ci guardiamo e cantiamo la nostra canzone. Facciamo scorrere la sabbia tra le dita, indichiamo le stelle che svaniscono alle prime luci del giorno, ci abbracciamo e alla fine l'inquadratura si allarga oltre i nostri corpi, verso il mare, guardando al sole che sorge, con le nostre mani intrecciate in primo piano:

Nosotras dos, juntas,
somos el Universo.

Non vedo l'ora di raccontare tutto a Sol e di organizzare le riprese. Corro nella camera da letto di mamma e papà e mi sdraio sul grande tappeto davanti al guardaroba, proprio davanti allo specchio.

Faccio partire la canzone e fingo di essere immersa nel sonno, immaginando Sol distesa accanto a me. Mi strofino gli occhi, mi rotolo dolcemente su un fianco e guardo lo specchio, cominciando a cantare. Ma nello specchio mi appare all'improvviso il muso di Charlie: mi ha teso un agguato!

«No, no!» faccio appena in tempo a dire, mentre il cane comincia a leccarmi la faccia, portandosi via il trucco. Okay, la prima sessione di prove è finita. Ecco uno dei motivi, pelosi e a quattro zampe, per i quali è impossibile girare un video in casa nostra.

Sollevo Charlie e lo porto fuori dalla stanza, poi mi chiudo a chiave.

Mi butto sul tappeto e medito. Come facciamo a girare il video sulla spiaggia? Se vogliamo la luce giusta, dobbiamo essere in Liguria prima che sorga il sole... L'unica è convincere papà a lasciarci andare in macchina con Nicholas. Deve venire con noi, per forza, e non solo perché lo adoro, o per farci da autista: deve collaborare alla realizzazione del video, riprendendoci con l'iPhone.

Guardo il cellulare, sul pavimento, a due passi da me. Apro l'ultima conversazione con Nicholas su WhatsApp. Gli scrivo un messaggio:

Ciao! Devo chiederti un grosso favore…

Mi risponde al volo:

Dimmi, Luna. Sono tutto orecchi.

Gli allenamenti devono essere finiti, ormai.

Mi faccio coraggio:

Domenica hai impegni? Ti andrebbe di accompagnarci al mare, in Liguria, per girare il video della canzone?

Oddio, ma che cosa sto facendo? Non so nemmeno se papà ci darà il permesso. E se non accettasse? Esito per un lungo istante prima di inviare il messaggio.

Glielo mando? Non glielo mando?

Nicholas sta scrivendo. Sul mio schermo appaiono tre punti interrogativi.

Bando alle incertezze.

Invio il messaggio, e poi fisso il display con le mani che tremano.

Vado subito a fare benzina.

E aggiunge una faccina sorridente alla fine della frase.

17

Sol

Sono le quattro del mattino e mi sveglio di sobbalzo. C'è buio fitto e per un istante non ricordo più dove sono. Poi capisco. L'automobile profuma di nuovo: è la panda blu di Nicholas, e stiamo andando in Liguria. Lui e mia sorella, seduta davanti, continuano a ridere e a farsi mille complimenti. L'amore deve essere per forza così noioso?

Mi raggomitolo sul sedile posteriore e chiedo a Nicholas di rallentare, mi sembra che ci metta un po' troppa foga nella guida, forse per fare colpo su Luna. Quando vedo la sua espressione torva nello specchietto, però, mi zittisco all'istante. Anche mia sorella mi fulmina con lo sguardo, ma poi decide di stemperare la tensione sparando musica a tutto volume.

Arriviamo che è ancora buio.

Nicholas comincia a riprenderci, per fare qualche prova, ma non abbiamo ancora trovato il posto giusto. Siamo indecise e continuiamo a camminare avanti e indietro.

C'è molto vento, e io odio il vento! Ho la sabbia nelle scarpe, sotto i vestiti, perfino sui capelli. Alla fine ci stendiamo sul bagnasciuga, il sole sorge mentre ascoltiamo la nostra canzone negli auricolari e ci guardiamo, scandendo le strofe che abbiamo scritto insieme.

Nicholas fa un video, due, tre, cento, tutti con l'iPhone di mia sorella, per essere sicuro che almeno uno ci piaccia. Mentre riprende, si avvicina a Luna, e quasi la sfiora. Sembra sempre sul punto di baciarla.

A due passi da noi, intanto, il mare si sta ingrossando, s'infrange contro gli scogli e gli spruzzi d'acqua arrivano sempre più in alto...

«Non è meglio se ci allontaniamo un po' dalla riva?» dico a Luna.

«Scherzi?» mi risponde, «più alti sono gli spruzzi, più convincente sarà il risultato! Dai, avvicinati e ricominciamo.»

Non riesce nemmeno a finire la frase: un'onda gigante, the Big One, che nemmeno i surfisti campioni del mondo saprebbero cavalcare, ci investe all'improvviso... D'accordo, sto esagerando: ci bagna solo la felpa, anche se qualche schizzo raggiunge anche il viso.

Nicholas, il ragazzo perfetto, rapido come un condor, estrae il suo grande asciugamano azzurro dalla borsa e avvolge subito Luna, stringendola dolcemente a sé. Potrei fotografarli e mandare lo scatto a papà. Così mi libererei per sempre di Nicholas.

Le sta bisbigliando qualcosa all'orecchio, lei arrossisce. Quanto deve andare avanti questa scena romantica?

«Ehi, avete per caso un altro asciugamano?» grido ai due, che mi guardano come se fossi un fastidioso venditore ambulante di cocco.

«Ah sì, scusa» dice Luna, lanciandomi lo stesso

asciugamano azzurro che stava usando lei. Me lo passo sul viso, rassegnata.

Ma non c'è un attimo da perdere, la giornata va sfruttata al massimo. Così, una volta sistemato il trucco sbavato dall'acqua, ci rimettiamo al lavoro. Dopo lunghe corse sul bagnasciuga, mosse sincronizzate per creare l'effetto specchio e svariati cambi di abito, ci accorgiamo che sono le tre del pomeriggio e che stiamo morendo di fame: è finalmente arrivato il momento della focaccia!

«Assaggia questa, è al formaggio» dice Nicholas, offrendo a Luna metà della sua porzione. Persino mentre mangiano non smettono di guardarsi negli occhi, seduti uno di fronte all'altra, su una panchina del molo. Non ho mai visto Nicholas felice come oggi. Fa il galante e poi il buffone, le racconta barzellette sceme. Poi stacca un pezzetto di focaccia e la offre al gabbiano che li sta fissando, molto interessato, da oltre dieci minuti.

L'uccello si avvicina con circospezione: ha gli occhi tondi con la pupilla piccola come una capocchia di spillo, e due penne sollevate sulla sommità della testa.

«Ma chi sei, Toro Seduto?» esclama Nicholas, facendo ridere Luna.

Il gabbiano prende la focaccia, ma nello slancio becca anche le dita del suo benefattore. «Ahia! Sparisci, bestiaccia ingrata» protesta lui, e mia sorella ride così tanto che quasi sputa la Coca Cola che ha appena bevuto.

Quando finiamo, sono già le sei. Ci siamo fermati fino a tardi, perché a mia sorella è venuto in mente che sarebbe stato fantastico avere nel video anche la luna. Non ha tutti i torti: dopo aver ripreso il sole che sorge all'alba, in omaggio ai nostri nomi, la luna sarà una chiusura perfetta.

Abbiamo promesso a papà di non tornare tardi, ma a metà strada devo fermarmi per fare pipì. E ho anche una certa fame: quel pezzo di focaccia mangiato al volo sulle panchine del porticciolo di Camogli non mi basterà per sopravvivere fino a Milano.

«Voi non avete fame?» domando a Luna.

«Sì!» esclama lei, contenta.

Nicholas, invece, non mi sembra entusiasta all'idea di interrompere il viaggio. Non vede l'ora di arrivare a casa perché stasera gioca la Roma. Comunque ci accontenta: «Il prossimo Autogrill è tra cinque chilometri» dice. «Se volete possiamo fare una piccola sosta.»

Luna annuisce.

Quando entriamo in Autogrill, mi separo subito da loro, con un certo sollievo: dopo aver pagato e ordinato un cappuccino, continuano a chiacchierare immersi nel loro mondo, come se io non esistessi. Seguo le indicazioni per la toilette. Dopo una giornata così, iniziata con una levataccia e conclusa con una mezza doccia in riva al mare, i miei capelli sono ridotti a uno straccio. Sono talmente stanca, che quasi avrei voglia di stendermi sul pavimento e dormire per il resto della giornata.

All'uscita dal bagno, mi faccio largo nella folla chiassosa, evito per miracolo uno scivolone sul pavimento bagnato e torno in fretta verso il bar, decisa a mangiare qualcosa di buono per consolarmi. Anzi, dopo qualche passo, faccio una deviazione e punto dritta verso il self service.

Sollevo il cappuccio della felpa sui capelli, prendo una cotoletta e mi siedo tutta sola a un tavolo, tanto per mettere in chiaro che sono ufficialmente arrabbiata.

Mi guardo intorno. Dove diavolo saranno finiti? Non ho alcuna intenzione di cercarli.

Leggo il menu sulla tovaglietta di cartone dentro il vassoio. E se prendessi una bella porzione di patatine fritte? Ma sì. Torno alla cassa, e aggiungo anche un'enorme Coca Cola con la cannuccia. Così è perfetto. Mi sono riconciliata con il mondo, e quindi anche con loro. Posso andare a cercarli.

Dove saranno?

Al bancone non ci sono. Cerco mia sorella nella coda davanti alla porta del bagno: non c'è. Esploro tutte le corsie dell'Autogrill: niente da fare. Torno nel bagno delle donne: zero. Controllo la fila all'ingresso del bagno degli uomini. Nessuna traccia nemmeno di Nicholas. Bene: li hanno rapiti gli extraterrestri, chiamate la Nasa.

Esco di corsa e scruto il parcheggio. Corro verso la macchina, ma la Panda di Nicholas non c'è più! Mi guardo intorno, terrorizzata. Se ne sono andati senza di me!

Il parcheggio è pieno di enormi autotreni, fermi nelle zone di sosta, e di omaccioni accampati vicino alle aiuole che parlottano tra loro, rivolgendomi occhiate piene di curiosità.

Sento un fischio di ammirazione e qualcuno che urla: «Ehi, bella! Vieni un po' qui...»

Corro dentro, cercando rifugio tra le famiglie che ordinano da mangiare. Sono sola e spaventata. Ma quello che mi ferisce di più è pensare che Luna mi abbia abbandonato qui. Non posso crederci.

Provo a chiamarla, ma scatta subito il messaggio registrato. Presa dal panico, faccio partire la chiamata almeno altre otto volte, poi lascio cadere il cellulare nello zaino, sfinita: sento gli occhi riempirsi di lacrime.

Non mi resta altro da fare che chiamare i nostri genitori, ma al solo pensiero della loro reazione mi sento male… Esito per un lungo istante, incerta se far partire o no la telefonata.

No, non posso farlo: li spaventerei a morte. Potrei chiamare un taxi, ma chissà quanto costerebbe, oppure fare l'autostop. Non so nemmeno dove mi trovo, e nessuna delle due idee mi sembra geniale.

Quando mi volto verso l'ingresso, la vedo. Luna mi sta correndo incontro, trafelata.

«Scusa Sol, ti prego, scusa!» continua a ripetere.

Nicholas ci aspetta in macchina, nel parcheggio dall'altra parte dell'Autogrill.

«Fammi capire» dico in un sibilo, respingendo l'abbraccio di mia sorella, che mi guarda con occhi pieni di paura e senso di colpa. «Mi avete dimenticato qui?» le dico, incredula. Sono offesa a morte.

«Ascolta…» sussurra lei, «lascia che ti spieghi…»

«Ma ti rendi conto!» le urlo, mentre saliamo in macchina.

Nicholas accende il motore e riparte a razzo, senza

dire una parola. Sono sicura che è tutta colpa sua: non vedeva l'ora di liberarsi di me.

«Ho provato almeno dieci volte a chiamarti» urlo a mia sorella. «Perché non mi hai risposto? Cosa stavate facendo di così importante? E se avessi incontrato uno psicopatico e mi avesse fatta a pezzi?»

Luna continua a scusarsi, sgranando gli occhi. «Lasciami almeno parlare» piagnucola. «Il mio telefono era scarico, ecco perché non ho sentito le tue chiamate!»

«Si era scaricato, o lo avevi spento di proposito?»

«Ma cosa dici!» urla mia sorella. «Quando ci siamo accorti che non eri in macchina, siamo usciti al primo casello, ma per tornare in Autogrill abbiamo dovuto fare un giro lunghissimo. Avevo messo sotto carica il telefono, però si è riacceso solo ora. Nicholas non aveva il tuo numero e lo sai che io ho una pessima memoria...»

Nell'auto cala un silenzio irreale, mentre un bellissimo tramonto tinge di rosso l'orizzonte. Sto per calmarmi. Cerco di giustificare Luna: in fondo, un momento di distrazione è comprensibile: è in compagnia del ragazzo per cui ha perso la testa, ma non ho ancora deciso se perdonarla. Lei mi tende la mano perché io la stringa: sto per cedere, ma proprio allora interviene Nicholas: «Ormai perderò l'inizio della partita» borbotta.

Le sue parole mi fanno infuriare. «La partita? Ma ti rendi conto di che cosa poteva succedere?»

«Poteva rapirti il famoso mostro degli Autogrill?» ridacchia.

«Smettila di prendermi in giro! Vi siete comportati davvero male» grido.

«Okay, scusa!» dice in tono esasperato.

Poi nessuno parla più.

Odio litigare con mia sorella! Ed è tutta colpa di Nicholas. Non lo sopporto più! Tutti i miei guai sono cominciati quando è entrato nella nostra vita...

18

Luna

Sabato mattina. Mia sorella si è chiusa in bagno da due ore: devo assolutamente tirarla fuori da lì.

«Puoi aprirmi?» le dico. «Ti devo chiedere una cosa.»

Lo scroscio d'acqua della doccia s'interrompe.

Sento cadere il solito flacone di bagnoschiuma alla fragola, quello tondo che sfugge sempre dalle mani insaponate.

«Ahia!» esclama Sol. Deve esserle finito su un piede. «Che cosa hai detto?»

«Oggi è il compleanno di Nicholas e organizza una festa in discoteca con i suoi amici. Non posso non andarci. Devi venire anche tu.»

«Non se ne parla!»

L'acqua riprende a scorrere, e Sol si mette anche a cantare.

«Sol, ti prego!»

«Ti ho già detto di no» grida, «non vengo!»

«Ma è stato lui a dirmi di invitarti. Ci resterà malissimo.»

«Non ci farà caso. E se anche notasse la mia assenza, stapperà una bottiglia di champagne per festeggiare.»

«Non dire stupidaggini. Non rischi nemmeno di incontrare Christian, perché è partito con i suoi e starà via tutto il fine settimana.»

«Christian è il suo migliore amico, figurati se si perde la festa. Scommetto che tornerà in anticipo.»

Sol esce finalmente dal bagno nel suo vaporoso accappatoio rosa, avvolta da una nuvola al profumo di fragola. Indossa le sue pantofole giganti a forma di cane, e mi guarda con piglio arrogante. Se il suo aspetto non fosse così ridicolo, ricambierei lo sguardo. Invece sorrido, conciliante.

«Christian non ci sarà» la rassicuro. «Nemmeno lui vuole incontrarti. Ha un suo orgoglio, sai?»

«Se dovesse arrivare, io me ne vado da sola: è chiaro?» esclama mia sorella in tono solenne, mentre Charlie si è accorto delle sue pantofole e ha drizzato le orecchie.

Ha detto che verrà? «Stai tranquilla» le ripeto. «E poi Christian non è un tipo da discoteca! Ha altri interessi. Ascolta solo musica preistorica che piace a suo padre: Rolling Stones, Beatles, Bruce Springsteen. O la musica classica. Non credo che abbia voglia di ballare.»

«Per il compleanno di Nicholas potrebbe fare un'eccezione» ripete Sol.

Sospiro, sconsolata.

Charlie ha preso la rincorsa per aggredire una pantofola, ma proprio mentre sta per addentarla, mia sorella sposta un piede e lui va a sbattere il muso a tutta velocità contro la porta del bagno.

Sol fa un passo indietro. «Ora che ci penso, non credo di poter venire. Devo studiare *I promessi sposi*.»

«Ti aiuto io! Posso passarti tutti i miei schemi. Anzi, te ne preparo anche di nuovi, e di più dettagliati.»

«Odio Renzo, Lucia e tutti i loro parenti. E la mamma ha minacciato di sequestrarmi il cellulare se la verifica di italiano non va bene.»

«Vorrà dire che userai il mio.»

«... e di non comprarmi più il mascara» aggiunge Sol.

«Te lo presterò io!»

«Non so nemmeno che cosa mettermi.»

«Questa è la scusa più insulsa di tutte: decideremo insieme.»

Sol mi fissa senza sapere che cosa rispondere. Come sempre riesco a spiazzarla. Però la capisco: dopo quello che è successo, ha ragione a non voler uscire con noi. La capisco, ma non posso cedere.

Dopo una trattativa durissima, Sol finalmente accetta l'invito. Ormai è fatta. Scrivo subito a Nicholas per confermargli che ci saremo.

Metto a tacere il senso di colpa pensando che Christian non ci sarà, e che lei magari riuscirà a divertirsi. E chissà... potrebbe anche incontrare un bel ragazzo!

19

Sol

Quando andiamo in discoteca, cominciamo a prepararci almeno due ore prima. Decidiamo insieme che cosa indosseremo, perché vogliamo essere sempre coordinate, anche quando non ci vestiamo nello stesso modo. Se io metto i pantaloni skinny neri, il top bianco panna e la giacca nera, Luna indosserà pantaloni neri, un top come il mio, ma di colore nero, e una giacca come la mia, ma di colore bianco o rosa. Oggi pomeriggio, però, abbiamo stabilito che saremo identiche.

Poi facciamo la doccia, ci laviamo i capelli e ci pettiniamo. Quando siamo davanti allo specchio per truccarci, di solito lanciamo un live su musical.ly o Instagram, per condividere con le ragazze che ci seguono sui social qualche piccolo segreto di make-up.

Quando siamo pronte, però, il peggio deve ancora venire: per uscire di casa, dobbiamo superare i controlli di nostro padre.

«Bene, bene: dove andate?» domanda, con il tono di un agente di dogana alla frontiera. Ci squadra da capo a piedi, ed è come passare attraverso un metal detector. «Quella maglietta...»

«Papà, non è una maglietta.»

«Infatti, vedo, è una mezza maglietta. Ne manca un pezzo.»

«È un top! Crop top, per la precisione.»

«Si chiamerà anche top, ma ne manca un pezzo! Non vi sembra che lasci troppo nude le spalle? E poi non capisco: perché uscite in calzamaglia?»

«Papà, si chiamano *leggings*. Sono pantaloni.»

A salvarci arriva sempre nostra madre. «Tesoro, la moda è questa, non la possiamo cambiare.»

Lui sospira, si dimentica dell'abbigliamento e passa alle raccomandazioni: «Non bevete niente dal bicchiere degli altri. State attente a dove lasciate le vostre cose mentre ballate. Mi raccomando, non fumate. E non separatevi mai».

Annuiamo per tutto il tempo, poi infiliamo gli stivaletti e corriamo verso l'appuntamento con Nicholas.

La discoteca è in una traversa di Corso Como, a due passi dalla stazione Garibaldi. Quando arriviamo davanti all'ingresso, c'è già la coda. Avanziamo a passo svelto, quasi identiche: oltre agli stessi vestiti, abbiamo entrambe una borsetta di pelle, piccola e nera, che portiamo a tracolla. Siamo truccate con le stesse sfumature, il medesimo tono di rossetto, e la linea della matita rende impossibile distinguere i miei occhi dai suoi, il suo sguardo dal mio. Perfino Nicholas sembra confuso: guarda prima me, poi Luna, poi me… Riconosce Luna solo grazie al sorriso che le è apparso sul volto non appena ha incrociato i suoi occhi.

«Auguri!» dice mia sorella, andandogli incontro. Lui le dà due baci sulle guance, sollevato, e poi sorride timidamente anche a me.

«Ciao!» dice, per rompere l'imbarazzo. Vuole farmi capire che non è più arrabbiato.

Indossa una giacca nera, lucida, la camicia bianca fuori dai pantaloni, un paio di jeans neri, strappati sulle ginocchia, e ai piedi le sue Air Max nere. Si è tirato indietro i capelli con il gel, e la sua pelle ha un profumo intenso.

«Allora entriamo?» domanda Nicholas. «Ho prenotato il privé.»

Lasciamo le giacche nel guardaroba e ci facciamo largo nella calca per raggiungere la sala, che già rimbomba di musica. Mi guardo attorno. Se non fosse per i lampi intermittenti dei faretti colorati, e per una pioggia di luce fredda tra l'azzurro e il blu, saremmo completamente immersi nel buio.

Il privé è su un piano rialzato dal quale si domina tutta la discoteca. In fondo alla sala s'intravede il bancone dove preparano i drink.

Non sapendo che cosa fare, decido di andare a prendere un analcolico, anzi due, uno per me e uno per Luna, troppo impegnata ad ammirare Nicholas per rendersi conto che presto avrà sete. Mi muovo al buio, distinguendo a stento il volto dei miei compagni di scuola: per essere certa di non sbagliare, non saluto nessuno. Quando arrivo al bancone, mi accorgo che la coda è troppo lunga. Torno indietro e cerco Luna. Ma dove si è cacciata? Ah, ecco: sta ballando con Nicholas, che ogni tanto le si avvicina e la guarda dritto negli occhi... Proprio quando sto per raggiungerli, si ritirano su un divanetto. Si abbracciano, e intanto guardano verso la pista, sorridenti.

Dopo qualche minuto, Luna si alza e decide di affrontare la lunga coda del bar. Nicholas ne approfitta per andare in bagno.

«A dopo» le dice, mentre si allontana.

È l'occasione che attendevo: l'unica, vera ragione per la quale ho deciso di accettare l'invito.

Lo raggiungo sul divanetto dove, sfinito per le danze, Nicholas sembra essersi appisolato, e mi siedo accanto a lui in silenzio.

«... Luna! Eccoti, finalmente.»

Ci è cascato in pieno: è convinto che io sia mia sorella. E continuo a farglielo credere anche quando lui, a occhi chiusi, mi fa scivolare un braccio attorno alle spalle. Lascio passare qualche minuto, perché si rilassi definitivamente, poi parto all'attacco.

«Senti, Nicholas…» gli dico.

«Sì?»

«Ecco… c'è una cosa di cui ti vorrei parlare.»

«Dimmi!» mi risponde lui, senza guardarmi.

«Mi dispiace, ma credo che tra noi non funzioni. Forse sarebbe meglio non vederci almeno per un po'…»

Lui finalmente apre gli occhi, si tira su e mi fissa incredulo, come se non avesse capito.

Balbetta: «Lu-luna, che cosa intendi? Non vederci più? Sei impazzita?».

«Nicholas, il fatto è che… ecco, mi piace un altro ragazzo. Non volevo dirtelo proprio oggi, mi dispiace.»

«Un altro ragazzo? E chi?» dice Nicholas, furibondo, con un'espressione che non gli ho mai visto.

«Non lo conosci» gli dico, abbassando lo sguardo. Spero che non mi faccia altre domande: quando mi ero immaginata questo momento nella mia testa non pensavo che sarebbe stato così difficile. Ora, invece, mi rendo conto di essere stata un'idiota…

«Ma perché non me ne hai mai parlato?» Nicholas sembra sul punto di scoppiare in lacrime.

Mi allontano di qualche centimetro. Lui si riavvicina subito. «Luna» mi dice piano, scostandomi i capelli dal collo.

Io mi ritraggo, ma lui continua a giocare con i miei capelli. Li accarezza e se li avvolge intorno alle dita. Ha le guance in fiamme e gli occhi lucidi.

«Ti prego…» bisbiglia. «Non dirmi bugie. Non ci credo alla storia del ragazzo… è perché non vado d'accordo con tua sorella? Non mettere in dubbio quello che provo per te, Luna. Non riesco nemmeno a immaginare di starti lontano.»

Sento il suo profumo e vedo i suoi occhi azzurri, grandi e sinceri, che mi implorano. Che bello sentirsi dire queste cose nel buio della discoteca. Peccato che queste parole non siano per me.

Tutt'a un tratto mi sento la ragazza più cattiva del

mondo, non solo per aver ordito questo brutto scherzo, ma soprattutto per aver rubato a mia sorella un momento così romantico, una vera e propria dichiarazione d'amore che forse non ha mai avuto.

Nicholas vuole abbracciarmi. Devo fare qualcosa, ma cosa? Potrei scappare e lasciarlo così, prima o poi Luna tornerà... Lui mi guarda ancora, come se cercasse di capire. Mi scruta, mi accarezza un braccio, dalla spalla al polso, e poi torna alla spalla, lentamente. Guarda ancora, sembra perplesso. Confuso.

«Che fine ha fatto il neo che avevi qui?»

«Quale neo?» gli dico.

«Il tuo neo, quello che hai sulla spalla.»

Il neo! E chi ci aveva pensato? La sua frase è come una doccia gelata. Mi si ferma il respiro in gola.

Mi allontano da lui, e mi copro il petto, lui si allontana sconcertato.

«E la collanina...» aggiunge lui, sempre più stupito.

«Sì?»

«Non l'avevi tolta, poco fa?»

«Sì, ma l'ho rimessa.»

«E quando?»

«Mentre ero al bar.»

«Non è possibile. L'avevi data a me.»

S'infila una mano nella tasca dei pantaloni, estrae la collana e la fa ondeggiare sotto il mio naso, con aria beffarda.

«Sol...» ringhia a denti stretti, infuriato come non l'ho mai visto prima d'ora... «Bello scherzo, davvero. I miei complimenti. E chissà cosa dirà Luna quando lo verrà a sapere!»

All'improvviso, come se mi risvegliassi da un sogno, realizzo la gravità di quello che sta accadendo e mi rendo conto che è arrivato il momento di fuggire.

Senza nemmeno guardarlo, mi alzo di scatto, prendo la giacca e cerco di andarmene. Ma proprio allora mi scontro con Luna, che torna dal bar con due bicchieri di Coca Cola.

«Puoi darmi una mano?» chiede, sbarrandomi il passo.

Nicholas si alza, e più veloce della luce prende i bicchieri e li posa sul tavolino. Poi guarda me, e dice con un ghigno: «Dai, racconta a tua sorella lo scherzo che mi hai appena fatto. Sono sicuro che si divertirà molto».

Luna mi guarda sgranando gli occhi. «Quale scherzo?» dice, sorpresa.

Mi sento morire dalla vergogna e abbasso lo sguardo. Nicholas racconta tutto per filo e per segno, un po' arrabbiato e un po' divertito.

Luna è furibonda. «Vieni in bagno con me» mi dice alla fine, afferrandomi per un braccio.

«Non vengo da nessuna parte» le rispondo, cercando di divincolarmi dalla sua presa.

«Invece sì. Anzi, sai che ti dico? Sparisci per sempre!» urla Luna, rossa in viso.

Scavalco il tavolino e fuggo verso l'uscita della discoteca. Sento Luna urlare: «Ecco, brava, vattene e non farti rivedere! Ti odio!».

Quelle parole, dette da lei, fanno male. Vorrei davvero scomparire, chiudermi in bagno e restarci per sempre, non vedere più nessuno fino alla fine dei miei giorni.

Mentre corro verso la fermata della metro, con il mascara sbavato e i capelli spettinati, maledico Nicholas. Quando finalmente entro nel vagone, pigiata come una sardina in mezzo al popolo felice del sabato sera, mi lascio andare a un pianto disperato.

20

Luna

Sono sdraiata sul divano della sala da pranzo con il cellulare tra le mani da circa un'ora. Il sole sta tramontando, e se ne va del tutto anche la mia voglia di studiare: il quaderno dei *Promessi sposi* giace ancora sul pavimento nel punto esatto in cui l'ho scagliato, facendo prendere un colpo a Charlie. Mamma e papà sono andati a ballare il reggaeton come ogni domenica.

L'unico rumore che si sente in casa è il ticchettio dell'orologio della cucina. Sol e io non ci rivolgiamo la parola da ieri; non abbiamo voglia nemmeno di riguardare il video con la nostra canzone. Non avrei mai immaginato che mia sorella potesse arrivare a tanto: quello che è successo in discoteca è molto grave. Con Nicholas non ho litigato, non davvero, ma sono preoccupata per Sol: mi sembra che questo comportamento cominci a danneggiare la sua vita, oltre che la mia.

Da almeno due ore se ne sta accucciata sul letto a guardare il suo cellulare. A pranzo non ha mangiato niente. Non ha nemmeno sfiorato il pollo arrosto e le patatine che la mamma aveva portato in tavola. Anch'io ho mangiato poco e sto morendo di fame. Mi alzo, faccio due passi e guardo fuori dalla finestra: che giornata sprecata.

Decido di rompere questo silenzio insopportabile, e torno in camera, accorciando per la prima volta la distanza che ci separa.

Lei posa in fretta il cellulare e si volta dall'altra parte.

«Sol, non fingere di dormire» le dico.

Silenzio.

«Sol, te lo chiedo per l'ultima volta: perché lo hai fatto?»

Finalmente si volta a guardarmi.

«Sei arrabbiata?» mi dice con un filo di voce.

«No, mi è passata. Lo sai che non riesco a portarti rancore per più di un paio d'ore» le rispondo sforzandomi di sorridere. In realtà non l'ho ancora completamente perdonata, ma sto cercando di essere conciliante. «Però vorrei capire perché hai detto a Nicholas che non voglio più vederlo.»

Lei resta in silenzio per un lungo istante. Poi riprende fiato, e bisbiglia: «Scusami, Luna, ti prego... è stato solo un momento di pazzia, tutto qui!».

«No» insisto, «non è stato un momento di pazzia: sono convinta che tu questa cosa l'hai pensata e progettata.»

Mi sforzo di restare calma, anche se mi costa molta fatica. Se ripenso a quello che ha fatto, mi sento morire di angoscia per me, e di vergogna per lei. Come ha potuto fare una cosa del genere a Nicholas, il ragazzo che mi piace, proprio la sera del suo compleanno? Come ha potuto pensare di farla franca con lui, che per fortuna mi conosce meglio di quanto io stessa sperassi? Chissà che cosa starà pensando lui, adesso, di noi due. Probabilmente, che siamo pazze. Dopo ieri sera non mi ha ancora scritto nemmeno un messaggio.

«Sol, parlami.»

«L'ho fatto perché lui ci sta allontanando» mi dice, con le lacrime agli occhi. «Nicholas ci sta separando, e io non voglio perderti così, senza fare nulla...»

Non riesco a credere alle mie orecchie. «E tu pensi che comportandoti in questo modo le cose tra noi possano migliorare?»

«Non lo so. Non ho pensato alle conseguenze.»

Basta. Non ce la faccio più. E ho lo stomaco che protesta per la fame. Voglio cancellare la noia e l'imbarazzo orrendo di questa giornata.

«Senti, adesso basta» le dico. «Sono le sette, non abbiamo combinato niente per tutto il giorno, cerchiamo almeno di capire che cosa mangiare stasera. Papà e mamma torneranno tardi. Se non vogliamo morire di fame, meglio organizzarsi.»

Lei alza la testa dal cuscino e mi guarda.

«Se ordinassimo una pizza?» propongo.

La pizza. Non c'è nulla al mondo che Sol mangi più volentieri della pizza. Ma so che detesta ordinarla. È così timida che anche le cose più semplici diventano montagne: aprire la porta al postino, rispondere a una telefonata da un numero sconosciuto, o, per l'appunto, ordinare cibo d'asporto.

«Puoi chiamare tu?» la sfido. «Io prendo una pizza al prosciutto.»

Mi fissa a bocca aperta. «Dai, chiama tu, io mi vergogno.»

«No, vado a lavarmi.»

Non ne posso più. Prendo il suo telefono, glielo appoggio in grembo ed esco dalla stanza, decisa a chiudermi in bagno per fare la doccia più lunga della storia.

Chiudo la porta, apro l'acqua e spio mia sorella dal buco della serratura. Sta digitando sul cellulare. Esita, ma poi la sento parlare. Si allontana verso la cucina. Chissà che fatica: deve essere un'impresa titanica, per lei! Questa è la mia piccola vendetta: direi che le è andata più che bene!

Mi tolgo il pigiama ed entro nella doccia. Quando il getto d'acqua calda m'investe, finalmente mi rilasso.

Mentre risciacquo i capelli, mi dico che nonostante tutto, anche se quello che ha fatto ieri è orribile, Sol è mia sorella. L'altra metà del mio mondo. Non può essere così cattiva… è solo gelosa. Nulla al mondo potrà mai dividerci.

Quando esco dal bagno, qualcuno suona al campanello.

«Ti prego» mi dice Sol. «Puoi aprire tu la porta al fattorino della pizzeria? Io ho già fatto la mia parte!»

«E ti pareva!» le dico sbuffando.

Così come sono, in accappatoio, vado verso il citofono e apro, senza nemmeno chiedere chi è. Poi corro in camera, infilo la tuta in meno di cinque secondi e a piedi scalzi corro ad aprire la porta.

E resto basita: davanti a me, non c'è nessun fattorino. Solo Nicholas, che regge tra le mani tre cartoni di pizza bollenti.

«Sorpresa!» mi dice sorridendo.

Paralizzata dallo stupore, mi volto e trovo Sol subito dietro di me: ridacchia sotto i baffi, saltellando sul posto tutta contenta per essere riuscita a portare a termine il suo piano.

«Ho pensato che questo fattorino ti sarebbe piaciuto di più» urla.

Non ci posso credere. Senza fiato, abbraccio forte mia sorella. Mi sussurra all'orecchio di averlo chiamato per chiedere scusa e di avergli proposto questa idea geniale per farsi perdonare anche da me. E per fortuna lui ha accettato!

Nicholas, testimone divertito della nostra riappacificazione, solo allora si decide a entrare in casa e a posare le pizze sul tavolo della cucina.

«Ho una fame da lupi. Quando avete finito con le smancerie, si mangia?» dice strizzando l'occhio.

Finalmente, per la prima volta in tanto tempo, non siamo due sorelle e un ragazzo. Siamo tre amici.

21

Sol

Oggi è il grande giorno: stamattina a scuola c'è la gara di video musicali in lingua straniera per la quale ci prepariamo da mesi. Stanotte non abbiamo dormito. Continuavamo a svegliarci per guardare e riguardare il nostro video. Il risultato è che abbiamo gli occhi gonfi di sonno, e una paura pazzesca. La nostra canzone per qualcuno è già diventata un tormentone: l'abbiamo testata con amici e parenti, ed è piaciuta a tutti. I vicini di casa, ormai, devono conoscerla a memoria, visto che la cantiamo a ogni ora del giorno.

«Luna, hai preso la busta con la chiavetta?» urlo a mia sorella, mentre mi preparo.

«Sì, certo! È la prima cosa che ho fatto stamattina: l'ho messa al sicuro nel mio zaino.»

La mamma ha controllato almeno sei volte che fosse vero.

«Allora, siete pronte?» ci domanda la mamma. Ha promesso che ci avrebbe accompagnato a scuola. Non potrà trattenersi per seguire la gara, ma ha giurato che lei e papà faranno il tifo per noi anche da lontano.

Quando arriviamo a scuola, la palestra è già affollata. A quanto pare avremo un pubblico numeroso: le famiglie hanno aderito in massa all'invito. I nostri compagni di classe ci vengono subito incontro e dicono che tutta la scuola muore di curiosità per il nostro video. Ci seguono su musical.ly, ma vogliono anche scoprire se Nicholas, il mago del pallone, è altrettanto bravo con la batteria. Lui ci raggiunge poco dopo, e stringe la mano di mia sorella, rivolgendole un sorriso d'incoraggiamento che scioglierebbe un iceberg. Strizza l'occhio anche a me.

«Ma quanti sono gli altri concorrenti?» chiede uno dei genitori in attesa.

«Sono venti in tutto» dice Sonia, la mia compagna di banco, sempre informatissima. Poi si rivolge a noi:

«Gira voce, però, che i vostri sfidanti, quelli veri, siano al massimo quattro o cinque. C'è la quinta B, che ha fatto un video collettivo; Gianni, il compagno di classe di Luna, che si è fatto aiutare da suo fratello regista; poi c'è la terza A, che lo ha girato con la prof di Inglese e...»

Proprio in quel momento arriva Sabrina, con le sue amiche al seguito. L'altra sfidante è lei, questo lo sappiamo già.

«Buongiorno!» esclama con voce giuliva. «Siete pronte, gemelline? Il momento della verità è arrivato.»

Rabbrividisco. Non pensavo a lei da settimane e sono felice quando, in assenza di risposte, scuote il capo e si allontana. Potrebbe davvero vincere? Mi scambio un'occhiata perplessa con mia sorella.

Nel cortile c'è un gran via vai di studenti, professori, mamme e papà, nonni e conoscenti. Per il Consiglio di Istituto, che ha organizzato il concorso, è un grande successo. Alle nove in punto il preside ci invita a prendere posto, perché la proiezione del primo video in gara sta per cominciare.

«Silenzio!» tuona il professore Verri, spazientito. «Per favore, tutti seduti!»

Il brusio cessa, mentre la bidella oscura le finestre.

La giuria è composta da dieci persone: cinque studenti e cinque professori di lingue straniere, che alla fine di ogni proiezione si riuniranno per decidere quale voto assegnare al video che hanno appena visto. Quando tutto sarà concluso, ci sarà una lunga pausa, durante la quale la giuria si riunirà di nuovo e decreterà i tre finalisti.

I primi video sono decisamente amatoriali, e le canzoni quasi tutte pessime. Concentriamo la nostra attenzione su quelli segnalati da Sonia, a partire dal video della quinta B, che in effetti è molto divertente: i ragazzi l'hanno girato a scuola, con la partecipazione dell'insegnante. Cantano una canzone in francese, mentre lei siede in cattedra, e sbagliano di proposito i verbi delle frasi. La professoressa, esasperata dai loro errori grammaticali, finge di strapparsi i capelli per la rabbia e li rimprovera nel ritornello:

Vous n'avez pas étudié
Vous n'avez pas étudié!

Gli spettatori ridono e alla fine esplode un grande applauso. Nicholas è contento, perché la quinta B è la sua classe e quindi ha partecipato anche lui, con tutti i suoi compagni. Anche se, naturalmente, tifa per noi.

La terza A, invece, ha scelto l'inglese: le ragazze, a passeggio nei viali del Parco Sempione, si fingono turiste americane disorientate e chiedono informazioni ai passanti, spiegando di essersi smarrite. I loro compagni di classe, nascosti dietro un albero, riprendono la scena, come se fosse una candid camera. Alla fine s'imbattono in un ragazzo americano, che dopo averle ascoltate attentamente scoppia a ridere e dice: «Ma da quale Stato venite? Il vostro accento non l'ho mai sentito...». A quel punto partono gli applausi, e qualche risata, ma senza l'entusiasmo riservato alla quinta B.

Il video di Gianni invece è tecnicamente perfetto,

ma già dalle prime immagini, non certo accattivanti, si capisce che non sarà un capolavoro: lo ha girato in camera sua, e la canzone – un rap in tedesco – è di una noia mortale. L'unica comparsa interessante è il gatto!

Sto iniziando a sbadigliare, quand'ecco che sullo schermo appare lei, Sabrina: pettinata e truccata, stretta in abiti firmati, che sfila su un tappeto rosso dandosi arie da top model, con un microfono in mano. Canta in un pessimo inglese un brano di sua invenzione, *Fashion victim*, e le sue amiche la seguono ovunque, intonando il coro. Non è tanto originale. Anzi, a tratti sfiora il ridicolo, e lei è decisamente troppo scollata. Dall'applauso tiepido che accoglie i titoli di coda si capisce subito che molti la pensano come me. Solo un gruppetto di amici e parenti, seduto in terza fila, batte le mani con entusiasmo.

Ma non c'è tempo per gioire della sua sfortuna: proprio in quel momento annunciano i nostri nomi. In platea, all'improvviso, non vola nemmeno una mosca. Luna mi stringe la mano, senza dire una parola.

Sullo schermo appare il mare della Liguria, mentre il vento solleva la sabbia... Poi partono le note della nostra canzone, l'assolo di chitarra, il ritmo crescente della batteria di Nicholas. Conosciamo quelle immagini e quelle note a memoria, eppure sembra di vederle per la prima volta. Il silenzio concentrato del pubblico mi spaventa e allo stesso tempo mi riempie di speranza. Quando riparte il ritornello, molti lo cantano a mezza voce, e alla fine del video scoppia un applauso interminabile. È un trionfo! Tremano perfino i vetri delle finestre.

Alla fine della mattina, la giuria annuncia i nomi dei finalisti: la quinta B, la terza A... e noi due! Non stiamo più nella pelle: già solo il fatto di aver sconfitto Sabrina, e di essere sul podio con due classi, ci riempie di gioia. Poco importa se arriviamo prime o terze.

«Quasi quasi» sussurra Luna, «alla fine della cerimonia vado da Sabrina a dirle che mi dispiace. Dovrebbe imparare un po' di gentilezza.»

Nicholas approva, ma io sono contraria.

«Lascia perdere» le consiglio. «Non merita tutta questa attenzione. Lasciamola cuocere nel suo brodo.»

In tanti ci chiedono dove possono trovare il video e se lo pubblicheremo sui social. Certo che sì, rispondiamo a tutti: non vediamo l'ora di metterlo su YouTube. Siamo certe che farà il record di like. Al momento, però, tutte le nostre energie sono concentrate sulla gara.

Nella pausa che precede l'annuncio del vincitore e la cerimonia, ne approfitto per scappare in bagno a ritoccare il trucco.

Apro la porta e mi fermo davanti allo specchio. Sto per sfilare il rossetto dalla tasca, quando sento un rumore alle mie spalle. Chi disturba il mio momento make-up? Lo specchio mi rimanda un'immagine che non vorrei vedere: Sabrina si sta avvicinando con un secchio in mano. È pieno d'acqua… e chissà quali schifezze raccolte con lo straccio dal pavimento.

«Ciao, gemellina» sibila. «Che ne dici di una bella doccia?»

Chiudo gli occhi, ripensando a quando da bambina rideva di noi, ogni volta che ci vedeva cadere dalla bicicletta. Tra poco sarò fradicia come un pulcino e tutta sporca, e lei riderà di nuovo.

Ma proprio in quel momento sento una voce maschile, tagliente e sicura di sé: «Dammi quel secchio».

Apro gli occhi. E non credo a quello che vedo.

All'ingresso del bagno dei ragazzi si è affacciato Christian. Che cosa diavolo ci fa, *lui*, qui?

«Dammi subito il secchio» insiste, «o chiamo i professori...»

Sabrina è spiazzata, ma non sembra proprio voler rinunciare al suo intento: «Ah, sei un amico della gemellina? Be' chiama pure chi vuoi... Sarà la mia parola contro la tua».

Christian le mostra il cellulare: «Ti ho filmata, sai? Potrei anche postare il video su Instagram. O magari su musical.ly, se trovo la colonna sonora giusta».

Sabrina posa il secchio sul pavimento, con un'espressione di rabbia e sconcerto. Poi fugge a gambe levate.

Solo ora mi rendo conto che Christian, come al solito tutto spettinato, indossa una delle camicie più assurde della sua collezione: piccoli quadretti rossi su sfondo blu elettrico. Non lo vedo da quella prova nel garage. Da quando mi ha fatto quel regalo, e io l'ho respinto. La tazza! Il cuore! Chissà se è ancora arrabbiato con me per quel gesto maleducato. Ci ho ripensato tante volte, al messaggio che mi ha mandato quando gli ho scritto di non volerlo più vedere...

«Ciao Sol» mi dice, imbarazzato. «A quanto pare, volevano farti la doccia.»

«Già.»

«Be', come stai?» vuole sembrare disinvolto, ma è chiarissimo che si sente un po' a disagio.

«Adesso meglio» gli rispondo con un grande sorriso, cercando di rassicurarlo.

Dall'ultima volta che l'ho visto, sembra un po' dimagrito. Ma è anche abbronzato: deve essere appena tornato da un viaggio con suo padre, il violinista giramondo.

«Allora» dice, facendomi sobbalzare, «a quanto pare la nostra canzone potrebbe vincere la gara.»

Ha detto proprio così: la *nostra* canzone. La sente ancora sua, nonostante tutto? Anche se io mi sono comportata a quel modo?

«Sì» gli dico piano, «potrebbe. Ma tu… che cosa ci fai qui?»

«Nicholas mi ha detto che oggi era il gran giorno. Non potevo resistere alla curiosità di vedere come sarebbe andata la gara» dice. «Ho seguito le proiezioni senza farmi notare. Il video merita davvero di vincere.»

«Nicholas sa che sei qui?»

«Certo, ma gli ho chiesto di non dirvi nulla. Non lo ha detto nemmeno a Luna. Pensavo di andarmene senza farmi vedere.»

«E poi…?»

«Poi ho visto che ti allontanavi, e… non ho resistito alla tentazione di seguirti. Volevo salutarti, parlarti solo qualche minuto.»

«Ma Sabrina ti ha preceduto, immagino.»

«Proprio così» conferma. «Quando ho capito che in bagno con te c'era qualcuno mi sono messo ad aspettarti fuori. Ma non ho potuto fare a meno di origliare, e quando ho capito che propositi aveva, quando ho sentito che ti minacciava, mi sono avvicinato e ho filmato tutto. Anche se non pensavo che avesse il coraggio di passare dalle parole ai fatti: quando mi sono reso conto che era davvero intenzionata a rovesciarti quel secchio in testa, ho interrotto il video e ho fatto irruzione» dice ridendo.

La goccia che cade a intervalli regolari dal rubinetto nel lavandino comincia a innervosirmi. Lui mi guarda, con il sorriso più dolce che gli abbia mai visto.

Ho sempre immaginato che gli incontri romantici dovessero capitare in riva al mare. O quanto meno a lume di candela. Vicino al ponte di Brooklyn o sotto la Tour Eiffel. Male che vada, che ne so, a Camogli.

Invece eccomi qua, nei bagni più tristi e squallidi della mia scuola. Le mattonelle rosse del pavimento, lucide e profumate di limone, tutt'a un tratto mi sembrano perfette.

«Christian» gli dico, «sei ancora arrabbiato con me?»

«No» dice fissandomi negli occhi, con lo sguardo più sincero che abbia mai visto. «Ricordi cosa ti avevo scritto, nel mio messaggio, quella notte?»

«Certo che mi ricordo.»

«Bene» dice, «eccomi qua. Mantengo sempre le promesse.»

Si sfila lo zaino dalle spalle, lo appoggia sul pavimento e ne estrae delicatamente un pacchetto, lo stesso di quel giorno.

Si avvicina di un passo, e me lo porge.

Lo prendo tra le mani, esitando. Questa volta lo apro sapendo già che cosa contiene, e proprio come quel giorno, nel garage, sotto la carta da regalo vedo apparire un grande cuore rosso. Stringo la tazza con tutte e due le mani.

«Grazie» gli dico, dopo un lungo silenzio.

Lui si avvicina e, con l'aria un po' impacciata, mi

cinge le spalle e mi stringe a sé. Appoggio la testa sul suo petto. Il nostro silenzio è interrotto solo da quella maledetta goccia.

«Ti avevo promesso che sarei tornato» sussurra, sollevandomi il mento con un dito.

Il suo bacio è delicato e leggero.

22

Luna

Nella grande palestra, quando il preside si schiarisce la voce nel microfono, cala subito il silenzio.

Ma dov'è Sol? Come mai non è già qui con me sul palco, insieme agli altri finalisti?

Siamo alle solite. Prendo il cellulare dalla borsetta e la chiamo, ma sento la vibrazione a un passo da me.

«Mi stai cercando?» ride. Ha il rossetto sbavato, le guance in fiamme e i capelli spettinati.

«Non capisco» le dico, «non andavi in bagno per sistemarti il trucco e i capelli? Cos'è successo nel frattempo: ti ha investito un camion?»

Lei ride e mi fa cenno di stare zitta, indicando il preside. Sbaglio, o sembra felice?

Il preside estrae dalla tasca della giacca un foglietto, e si prepara a leggere i nomi dei vincitori.

«Al terzo posto, si posiziona la quinta B!» esclama. Nicholas e i suoi compagni ringraziano e, dopo aver stretto mani e ricevuto un attestato, scendono dal palco. Ora restano solo due concorrenti.

«E ora passiamo alla proclamazione del vincitore. Rullo di tamburi… Sol e Luna! Che si guadagnano il primo posto per aver celebrato con parole e musica originali uno dei legami più veri, profondi e speciali che possano esistere in natura: quello che unisce due sorelle gemelle!»

La tensione della mattinata si scioglie in un lungo applauso. Battono tutti le mani. E noi ci abbracciamo strette, festeggiando la notizia con un grido liberatorio.

Tra il pubblico, ci sono anche i genitori di Nicholas: suo padre è come lo avevo immaginato, un gigante forte e con la faccia buona. Sua madre invece è bruna e piccolina, e ha un viso molto delicato: sembra una bambola di porcellana. Nicholas è accanto a loro e mi sorride raggiante. Non vedo l'ora di scendere da qui per abbracciarlo: questa vittoria è anche la sua.

Poi distolgo lo sguardo, e osservo ancora il pubblico. Di Sabrina e delle sue inseparabili amiche, nessuna traccia: dove saranno finite? Quando hanno scoperto di essere state eliminate, sono uscite dalla porta principale e non sono più tornate. Immagino che non avessero alcuna voglia di assistere al nostro trionfo, e lo capisco: non è bello perdere così.

Sto per condividere i miei pensieri con Sol, quando mi accorgo che in fondo alla palestra c'è un ragazzo con la camicia a quadretti e una lattina di Coca in mano...

Non ci posso credere! Ma è... Christian! Che cosa ci fa qui?

Mi volto di scatto verso mia sorella, e mi accorgo che anche lei sta guardando nella stessa direzione. Lei guarda lui e lui guarda lei.

«Sol» le dico, «ma hai visto che...»

«Sì» mi dice lei, con un sorriso felice.

«E perché non mi hai detto niente?» le domando stupita.

«Mi ha portato di nuovo il suo regalo» sussurra Sol. «E questa volta l'ho accettato!»

L'abbraccio e la stringo fortissimo, mentre il preside torna finalmente sul palco con il nostro premio.

«Allora, ragazze, questa videocamera è vostra, ve la siete meritata! Immagino che abbiate già un sacco di idee su come sfruttarla.»

Noi ci guardiamo sorridendo e annuiamo con convinzione.

Sullo schermo della palestra scorrono di nuovo le immagini del nostro video. Tutta la scuola canta con noi: non credo di essere mai stata così felice.

Cos'è la felicità? È qualcosa che arriva all'improvviso. Una sorpresa. Ma non nasce dal nulla.

La felicità è scalare le montagne, litigando con le persone a cui vuoi bene, per poi fare la pace e litigare ancora, dormendo poco e male per lavorare a un sogno, che piano piano prende forma sotto i tuoi occhi.

Per me, oggi, la felicità è soprattutto vedere mia sorella che scende dal palco con la nostra nuova videocamera in mano, e corre verso il fondo della palestra per andare da lui, quel ragazzo magro che ha saputo aspettarla con pazienza e determinazione.

Sono felice quando lei lo abbraccia, lo bacia davanti a tutti e poi si volta a guardare me, per salutarmi da lontano con una luce nuova negli occhi, che non le ho mai visto prima.

Sono felice quando lei è felice.

23

Sol

Il sole è alto nel cielo e mia sorella passeggia davanti a me, mano nella mano con Nicholas. Il mare è piatto, nell'aria c'è un buon profumo di frittura di pesce, e tra poco ci fermeremo a mangiare un trancio di focaccia sul molo, oltre la piazza.

C'è tanto da festeggiare, oggi! La scuola per me e Luna è finita: promosse entrambe, nonostante *I promessi sposi*. Nicholas e Christian devono dare gli esami di maturità, ma c'è ancora tempo… E per celebrare degnamente la nostra vittoria al concorso scolastico abbiamo deciso di tornare sulla spiaggia dove abbiamo girato il video. Dobbiamo rendere omaggio al paesino ligure che ha fatto da sfondo alle riprese. Anche perché c'è una grande novità: *Sol y Luna*, il video che ha vinto il concorso della scuola, ha già due milioni e mezzo di cuori su musical.ly ed è ancora oggi il primo della classifica italiana! Un successo straordinario, che ci ha lanciato come nuove promesse della APP. Lo abbiamo pubblicato anche su YouTube, e gli iscritti al nostro canale non smettono di cliccarlo. Siamo già a quota duecentocinquantamila visualizzazioni! Non potremmo essere più felici.

Cammino guardando Christian, a un passo da me, con la sua felpa giallo canarino e i jeans scuri. Chiacchiera delle sue prossime vacanze, e il vento gli scompiglia i capelli, mentre dà un calcio ai ciottoli sulla spiaggia. La sua voce, calda e tranquilla, mi raggiunge mentre osservo una barchetta lontana all'orizzonte. Mi sento tranquilla come non mi succedeva da tanto tempo.

Mia madre dice sempre che quando qualcosa di brutto finisce, devi seppellirne il ricordo, perché non possa più tornare. Fisso la sabbia per un lungo istante, e con il pensiero scavo una buca profondissima... proprio lì, dove Christian ha appena lasciato un'impronta, e immagino di depositare sul fondo tutto il malumore dell'inverno. Sono stata triste per tanto tempo, ma oggi è una giornata felice.

Rivolgo una rapida occhiata a mia sorella e Nicholas, che si baciano davanti a un ombrellone chiuso. Lei si è alzata in punta di piedi, lui l'ha abbracciata e le sorride con dolcezza.

«Vieni a prendermi!» grida Christian dal bagnasciuga. Si è tolto le scarpe da tennis e sta controllando la temperatura dell'acqua. Fa caldo, ma non abbastanza per tuffarsi. O forse sì?

Dopo le scarpe, Christian si sfila anche le calze, i jeans, la felpa e la maglietta, e poi si lancia in acqua sollevando spruzzi in ogni direzione.

«Torna indietro!» gli dico, «dobbiamo andare a mangiare!»

Lui nuota felice verso l'orizzonte. E quando torna a riva, intirizzito dal freddo, corre verso di me.

«No, non ci provare!» rido. «Sei tutto bagnato.»

Ma è inutile. In meno di un secondo, capisco che ha intenzione di abbracciarmi così, fradicio come un pulcino. Provo a fuggire, ma sono già sua prigioniera. Lui mi stringe così com'è, tutto bagnato, e io mi arrendo con piacere: sento le sue braccia forti che mi circondano, le sue labbra salate sulle mie.

Chiudo gli occhi, e in lontananza sento solo le risate di Nicholas e Luna.

Finito di stampare nel mese di maggio 2018 presso
Grafica Veneta - via Malcanton, 2 - Trebaseleghe (PD)
Printed in Italy